독서의 지식

안춘근 지음

차 례

□ 이 책을 읽는 분에게 · 7

제1장 서설 · 13
제2장 독서와 양서 · 19
    1. 책의 실체 · 19
    2. 책의 선택 · 23
    3. 베스트셀러의 허와 실 · 28

제3장 독서의 의의 · 32
    1. 사색을 위한 독서 · 32
    2. 지식 획득을 위한 독서 · 37

제4장 독서의 역사 · 41
    1. 우리 나라의 독서의 역사 · 41
    2. 세계 독서의 역사 · 46

제5장 독서의 목적 · 49
    1. 교양을 위한 독서 · 51
    2. 지식을 위한 독서 · 53
    3. 오락을 위한 독서 · 55
    4. 직업상의 독서 · 57

제6장 독서의 기술 · 59

    1. 독서하는 방법 · 59

    2. 독서의 요점 · 63

    3. 독서의 속도 · 70

    4. 문장의 형태와 독서 방법 · 73

제7장 독서의 습관 · 79

제8장 독서의 윤리 · 86

    1. 저자의 사상과 의도의 이해 · 86

    2. 책에 대한 올바른 평가 · 90

    3. 책의 올바른 보존 · 92

제9장 독서와 건강 · 96

    1. 건강과 독서 능률 · 96

    2. 휴식과 독서 시간 · 98

제10장 독서와 환경 · 102

    1. 조용한 분위기에서의 독서 · 102

    2. 장소에 따른 독서 · 107

    3. 계절에 따른 독서 · 110

    4. 시간에 따른 독서 · 115

제11장 독서와 장서 · 116

제12장 독서와 치료 · 124

제13장 독서에 관한 단상 · 131

    1. 고전을 많이 읽자 · 131

    2. 소중한 정신적 자각 · 133

    3. 독서는 사람답게 사는 방법 · 135

    4. 독서와 행복 · 139

    5. 책은 인류의 영원한 스승 · 141

    6. 산에서 씻어낸 마음 독서로 채우고 · 144

    7. 책 읽기, 책 모으기, 돈 벌기 · 148

제14장 독서에 관한 명언 · 160

    1. 책에 관한 명언 · 160

    2. 양서에 관한 명언 · 169

    3. 독서에 관한 명언 · 173

    4. 저술에 관한 명언 · 190

    5. 장서에 관한 명언 · 194

이 책은 독서에 대한 일련의 문제를 하나의 이론적 체계를 세워 본 것이다.

독서는 인격을 함양하고 보다 숭고한 생활을 하는 원천이 된다는 것은 두말할 것도 없고, 이러한 독서의 방법을 안다는 것은 독서의 능률을 증진시키는 데 필수적인 일이다. 만약 독서를 많이 한 사람이라야 소위 독서에 대해 말할 수 있다고 한다면, 나는 이런 책을 쓸 자격이 없을지도 모른다.

그러나 경제 이론가가 반드시 돈을 잘 버는 것은 아닌 것처럼, 독서를 많이 한 사람이라고 반드시 독서의 이론을 잘 안다고 말할 수 없을 것이다.

독서하는 것과 독서하는 방법을 연구하는 것은 전혀 별개의 문제다. 이것은 일찍이 괴테가 "독서 방법을 배우기 위해서 80년이라는 세월을 바쳤는데도 그것을 잘 말할 수 없다"고 한 것을 보아도 알 수 있을 것이다. 그것보다 '필요가 발명의 어머니'라는 말과 '좋아하는 것이 결국 그 일에 능통하게 되는 것'이라는 말이 있는 것처럼, 나는 독서를 즐겨하고 특히 독서 이론에 관한 책을 살펴보고 기회 있을 때마다 그것을 하나의 책으로 엮어 보려고 자료를 수집해 왔다.

한편 우리 나라의 독서 수준은 아직도 다른 나라에 뒤떨어져 있는 것이 사실이다. 이에 대하여 저자는 서울신문에 〈가구와 도서〉라는 다음과 같은 글을 발표한 바 있다.

　　사람은 생활에 편리하고 좀더 문화적인 창조 작업을 효과 있게 이루기 위해서 도구를 만들어낸다. 우리 생활의 근거지인 집에 필요한 가구들이 그러한 것이다. 우리는 문화적 생활을 위해서 수많은 도구를 사들인다. 그런데 그 많은 도구들은 따지고 보면 거의 모두가 육체를 살찌게 하는 것들이고, 정신적으로 풍요로운 생활을 누리기 위한 것은 그다지 많지 못한 데 놀랄 것이다. 키케로는 사람이 사는 집에 책이 없으면, 그 집에 사는 사람의 정신이 없는 것이라고 했으며, 책은 마음의 양식을 주는 젖줄이라고 한 사람도 있다. (중략)

　　우리 나라 전체 공공 도서관의 장서가 미국의 한 도서관의 장서에도 못 미치고, 우리 나라 전체 대학 도서관의 장서는 미국의 한 대학 도서관의 장서에도 미치지 못한다. 이것은 원래 미국이 부자니까 그렇다고 할지 모르겠으나, 일본에서는 한 출판사의 1년 매상이 다른 업종의 대기업과 비교할 때 크게 뒤떨어지지 않는 데 반해 우리 나라는 출판산업과 다른 산업과의 차이가 현격하다. 이런 점으로 미루어 볼 때 우리 나라에서 책의 판매량이 어떻다는 것을 짐작할 수 있을 것이다.

　　오늘날 미국이나 일본이 세계에서 문화 대국을 자처하는 것은 우연한 일이 아니다. 우리는 현대에 살고 있으면서 70년 전의 사람들이 아닌지, 그때의 가구와 도서의 비율과 나의 현재의 실정이 어떤지 한번 생각해 보고 깊이 반성해야 할 것이다.

독서는 또한 책을 무턱대고 아무것이나 많이 읽는다고 좋은 것은 아니다. 독자 나름대로 자신에게 꼭 필요한 내용의 책을 잘 선택해서 읽어야 효과적인 독서가 될 수 있다.

이를 위해서 또 서울신문에 〈교과서와 교양서〉라는 다음과 같은 글을 기고한 바 있다.

우리 나라가 짧은 시일에 장족의 발전을 할 수 있었던 것은 교육과 교역의 활성화 때문이었다. 우리는 세계에서 그 예를 찾아보기 어려울 정도로 교육열이 높아서, 농촌에서는 소와 밭을 팔아서 자녀들의 학자금을 마련하는가 하면, 수입보다도 많은 과외 비용을 마련하기 위해 동분서주한다. 분에 넘치지만 않는다면 교육열이 높은 것은 좋은 현상이다. 확실히 우리는 별다른 천연자원이 없어서 두뇌와 기술을 자원화하기 위한 교육의 활성화가 절실하기 때문에 더욱 그러하다.

그러나 우리 나라에서의 교육열은 부작용이 없지 않다. 그 하나가 과외망국(課外亡國)이라는 말이 있을 정도로 국민의 건전 생활을 뒤흔들어 놓은 동시에 지식 편중의 교육으로 흐르고 말았다는 사실이다. 교육의 본래 이상은 사람의 지식 계발도 중요하지만 그보다도 인간의 품성을 선하게 하는 데 있을 것이다. 그러나 아직도 우리 나라 교육이 시험 위주의 교육이므로, 시험 문제는 잘 풀지만 사람 됨됨이라는 측면에서 보면 만족스러운 것이 못 된다고 생각하는 것은 나만의 편견이 아닐 것이다. (중략)

우리 나라처럼 과외 공부도 하지 않고, 소를 팔아서 자녀를 학교에 보내지 않으면서도 잘사는 미국과 비교해 볼 때, 그럴 수밖에 없는 여러 가지 이유가 있겠지만, 그 중에서도 학생들이 교과서나 참고서에만 매달리고 교양서적은 그다지 읽지 않고 자라는 것이 원인의 하나가 아닌지 모르겠다.

앞의 문단은 부강한 나라를 만들기 위해서 우리 모두가 힘써 독서할 것을 강조한 것이고, 뒤의 문단은 어떤 책을 읽어야 할 것인가를 말하려고 한 것이다. 이것으로 이 책을 펴내게 된 까닭을 어느 정도 밝힌 셈이다.

그동안 저자는 현실적으로 올바른 독서의 이해를 위해 이러한 책의 출간이 절실하게 필요하다는 것은 알고 있었으나, 그렇다고 예전에 출간했던 책을 다시 손질해서 출간할 생각은 못하고 있었다. 그러다가 우연한 기회에 범우사 윤사장으로부터 출간 요청이 있어서 다시 옛 책을 뒤적이게 되었다.

그 책은 원래가 원칙적인 문제를 다루었기에 오랜 세월이 지났어도 내용에 크게 손댈 곳은 없었다. 다만 새로운 장을 늘려 일부를 증보(增補)하고 일부 현실에 맞지 않는 곳은 삭제하는 한편, 독서에 관한 단상과 독서에 관한 명언들을 모아 첨가했다.

이 책이 독자들에게 독서 안내에 조금이라도 보탬이 될 수 있기를 바라는 마음 간절하다.

지은이

독서의 지식

제1장 서설

독서처럼 대가없이 주어지는 영속적인 쾌락은 또 없다.

— 몽테뉴

우리가 우러러보는 선현들은 그 당시의 얼마 되지 않는 책을 선용(善用)해서 영원히 빛나는 정신이나 위대한 업적을 남겼음에 비하여, 우리들은 헤아릴 수 없이 많은 책을 두고도, 선현을 능가하는 이렇다할 정신적인 업적을 이루지 못하는 것을 보면, 확실히 우리들이 책을 읽는 것과 이용하는 데 무슨 큰 결함이라도 있는 것이 아닌가 생각된다.

구텐베르크[1]가 인쇄술을 발명한 후 현재까지 셀 수 없을

---

1) Gutenberg, Johannes Gensfleisch(1394~1468년) 독일 마인츠 태생으로 현재의 활판 인쇄술을 발명하였다. 그는 귀족의 후손이었으며, 전쟁을 피해서 스트라스부르로 이주했다.
1430년경 고향인 마인츠로 돌아와서 기술 공부를 결심하고 금속 세공 특히 시계 기술자가 되었다. 그러나 시대가 변하여 책의 수요가 점점 늘었나 출판사업이 이에 부응하지 못함에 따라 책을 필사하는 사람들의 노고가 많은 것을 보고, 그것을 덜어 주기 위해서 책을 제작하는 수단으로 활판 인쇄를 할 것을 생각한 것이 1437년경이었다고 한다.
1439년부터 여러 사람들로부터 자금을 빌려 연구를 거듭한 끝에 1445년경에는 활판 인쇄술 발명의 실마리를 찾게 되었고, 1447년에는 완전히 발명하였으나, 이때는 벌써 자금도 없고 가산도 탕진한 때였기 때문에 서적

정도로 많은 책이 출간되었다. 그 결과 우리들은 지금 책을 주체하지 못할 정도로 많이 접하고 있다. 따라서 책이 불과 몇천 권에 지나지 않던 시대와는 다를 것이다.

예를 들면 책을 빌려 보기 위해서 하인 노릇을 했다거나, 남의 책을 그대로 베껴서 공부해야 했던 때의 독서 방법과는 많은 변화가 있다는 것이다. 다시 말해서 읽어볼 만한 책이 불과 열 손가락 안에 꼽힐 정도밖에 없다면 책 하나를 들고 무조건 정독 또는 숙독하는 것이 좋겠지만, 현대와 같이 세상에 있는 책 이름만을 외기에도 몇 달을 허비할 만큼 많은 책을 그렇게 읽을 수는 없을 것이다. 여기서 현대인은 필연적으로 독서의 기술이라는 문제에 직면하지 않을 수가 없다.

독서의 기술 혹은 독서술에 대하여서는 많은 사람들의 연구가 없지도 않다. 그러나 요즈음에 와서는 이론적인 방법론뿐만이 아니라 기계의 힘을 빌어서 실천할 수 있는 연구 단계로 변하고 있다. 이것은 간편함을 좋아하는 현대인이 책 읽기보다도 텔레비전이나 인터넷으로 쏠리는 경향에 대하여, 책도 편하게 접할 수 있었으면 하는 희망에 따른 노력의 하나라고 할 것이다.

출판을 하지 못하고 있다가 Johann Fust에게 공장의 자재 설비 일체를 담보로 자금을 얻어 유명한 《42행 성서》 출판에 착수했으나, 그 완성을 보기 전에 빌린 돈을 갚지 못해서 공장이 폐쇄되었다. 얼마 후에 다시 출자자를 만나서 처음의 뜻을 이뤘으나 1460년 빈곤과 고독 속에서 세상을 떠나고 말았다. 그의 기술상의 특이한 발명으로 들 수 있는 점은 납〔鉛〕을 주로 한 합금으로 하나하나의 문자를 만들어서, 이것을 조립해서 판을 짜고 포도(葡萄)를 짜는 기계를 응용해서 인쇄기를 발명한 것이다. 그가 인쇄한 저명한 책으로는 《42행 성서》를 비롯해서 《Katholikon》, 《Donatus》 등이 있는데, 모두 희귀서로 지금 수백만 달러의 가치가 있다.

확실히 현대 과학의 발달은 모든 면에서 우리들의 생활을 간편하게 해주고 있다. 따라서 독서도 과거와는 다른 무슨 편한 방법이 있음직하기도 하다. 하지만 이 방면의 전문가들의 의견을 종합하여 어쉐임이 편집한 《책의 장래》라는 책에는, 오늘날 인터넷 · 텔레비전 · 라디오 · 신문 기타 모든 것들이 발전해서 책의 영역을 침범하는 것처럼 생각되고, 또 그러한 경향이 있기는 하지만 결국 책은 그 본래의 기능을 잃지 않고 그 형태나 보존 방법에 변화가 있을 따름이라고 한 것은 주목할 만하다.

여기서 지식의 보존 방법은 도서관과 직결될 수 있는 문제이고, 형태라고 하는 것은 책이 앞으로 어떠한 변화를 겪을지도 모른다는 말이다.

이렇게 독서를 기계로 대신하고 독서를 기계화한다면, 우리의 생활은 무척 달라질 것이다. 그런데 우리들의 생활에서, 특히 독서하는 데 많은 시간을 보내던 사람들이 전혀 그럴 필요가 없게 되었을 때, 그 시간을 어떻게 선용할 것인가도 문제가 아닐 수 없다.

일찍이 철학자 오르테가[2]는 그의 저서 《기술이란 무엇인가》에서 다음과 같은 말을 했다.

---

2) Ortega y Gasset, José(1883~1955) 스페인의 문화철학자 · 형이상학 교수. 계몽적인 사상 문예잡지 〈Revista de Occidente〉의 주간을 역임. 내란이 일어나자 프랑스로 망명한 바 있다. 그는 생활 철학의 입장에서 인간론을 전개하였다. 저서로는 《현대의 과제》를 비롯하여 《대중의 반역》 등이 있으나, 이 책에 인용한 것은 《기술이란 무엇인가(Meditacion de la tecnica)》(Buenos Aires, 1939)로, 그는 이 책에서 기술이란 다름 아닌 우리들의 보다 많은 노력을 피하려고 하는 작은 노력이라고 말했다.

"기술이란 우선 노력을 절약하는 노력이라고 말할 수 있다. 다시 말하면 기술이란 우리들 앞에 맡겨진 일을 전부 혹은 부분적으로 기피하려는 행위라고도 할 수 있을 것이다."

그런데 이상한 것은 기술의 일면만을 보고 다음에 지적하는 사실에 대하여서는 거의 생각하고 있지 않는 데 놀랐다.

그것은 다름 아닌 절약된 노력을 무엇에다 돌리는가 하는 문제이다.

이렇게 보면 과학의 발달로 말미암아 우리들의 편리한 생활양식이 반드시 생활을 행복되게 이끌고 있지 못하다는 사실도 발견하기가 어렵지 않다. 따라서 앞에서 말한 책의 형태가 변해서 편하게 독서할 수 있다고 해서 무조건 환영할 것이 아니다. 설사 그렇더라도 그것이 실현되는 시기는 요원한 것이다. 가령 지금 선진국에서 텔레비전이 독서계에 미치는 영향이 크다고 하더라도, 〈런던 타임즈〉가 '변화하는 세계와 서적'이라는 특집을 냈을 때 많은 집필자들은 텔레비전의 등장이 서적을 축출할까 두렵다고 했지만, 실제로 가장 텔레비전이 많이 보급된 미국에서 최근에도 책의 출판 경향이 텔레비전을 상회하는 결과를 보여주고 있다는 사실에서, 역시 책은 책으로서의 본래의 기능을 잃지 않고 있다는 것을 증명하고 있다 할 것이다. 그러므로 책의 장래 문제인 어떻게 변할 것인가에 대하여 그 보존의 문제는 우리 독서하는 사람으로서는 큰 관심거리가 아니다. 그것보다는 그 형태가 어떻게 변할 것인가가 더 주목거리라 할 수 있다. 그러나 형태야 어떻든간에 우리는 지식을 구하는 수단으로 독서해야 한다는 근본 목적에는 아무런 변화가 없다. 다만 책을 읽는

데 있어 과학의 힘을 이용할 길이 있는가에 대해서 머지않아 읽는 기계가 완성되어 판매될 수 있을 것이라고 하지만, 기계의 값이 비쌀 것이므로, 그 기계로 독서한다는 것은 우리들의 처지와 형편에 어울리지 않는다고 볼 수 있다. 따라서 우리의 독서하는 방법은 아마 앞으로도 현재 다름없을 것이라 믿는다.

이러한 독서 활동을 대상으로 한 과학적인 연구는 유럽에서는 일찍부터 시작되었다. 그리고 연구의 범위도 처음에는 주로 독서의 심리적·생산적 과정의 실험적 연구였던 것이, 이제는 독서에 관하여 거의 모든 방면에 걸쳐 연구되고 있다는 사실도 밝혀내고 있다.

뿐만 아니라 미국에서 이 방면의 연구가들은 독서가 오늘날에 있어서는 사회 적응의 기초 능력이 된다는 결론을 내리고, 커뮤니케이션의 역할로서의 독서에 대하여 다음과 같은 줄거리로 보고 있다.

독서라는 활동의 지위는 2,30년 전과는 많은 변화를 보이고 있다. 책을 읽을 수 없는 어린 소년이라고 하더라도 영화·라디오·텔레비전·인터넷 등으로 오늘날에는 성인 이상으로 식견을 가질 수 있다. 이렇게 보면 독서가 커뮤니케이션의 유일한 매개는 이미 아니다. 그러나 그럴수록 더욱 독서가 필요한 이유는 다른 커뮤니케이션의 수단과 상호 관련성을 갖고 있기 때문이다. 듣거나, 보고서 얻어진 정보를 더 자세히 보충하고 다른 매개를 통해서 경험을 더 넓힌다. 신문이나 잡지는 영화나 라디오에다 자료를 추가해 주고, 그리고 그것을 보다 더 확실하게 해준다.

그러므로 독서란 선전 분석(propaganda analysis)의 기술이 필요한 것이다. 다시 말하면 정서적인 말을 골라 내고, 필자의 편견을 구분하며, 저널리스트의 보도를 비판하고, 그릇된 언론을 판단하는 것이 독서의 기능으로 중요한 역할을 한다는 사실이다.

제2장 독서와 양서

책이 없는 백만장자가 되느니 차라리 책과 더불어 살 수 있는
거지가 되는 것이 한결 낫다.   ― 마콜리

1. 책의 실체

우리가 흔히 책이라고 말하지만 책이 무엇이냐고 물으면
한마디로 대답하기 어렵다. 이제 국어사전[3]에서 서책(書冊)
을 찾아보면 '사람의 사상이나 감정이나 또는 지식을 글자
나 그림 따위로 기록하여 꿰맨 것'이라 했고, 외국의 어떤
백과사전을 보면 '문자로 사상을 기록한 것으로 현재는 대
부분이 책자로 제작되어 있으나, 반드시 일정한 정형(定型)
이 있는 것이 아니다'라고 정의되어 있다. 또 어떤 영어사전

---

3) 한글학회(조선어학회)에서 일제시대부터 한글학자들이 하나의 민족 운
   동으로 편찬을 시작하여 오다가 소위 조선어학회 사건으로 투옥되었다.
   해방 후 잃었던 원고를 다시 찾아서 미국 록펠러 재단의 원조를 얻어 을
   유문화사(乙酉文化社)에서 전 6권을 발행하였다. 국어사전으로 그 편찬
   에 소요된 인원과 시간 그리고 수록 어휘 수로 보아 우리 나라에서 최초
   요 최고의 대사전이다. 1957년 10월 9일 뜻깊은 한글반포 511돌날 발간,
   완성됨.

에는 책이란 '어떤 장소에서나 자유롭게 열람할 수 있도록, 어떤 장구(裝具)로 보호하여 등[背]⁴⁾이라고 하는 부분을 고정시킨 다수의 종이에 씌어진 것이라고 했다. 이제 세 가지 사전에서 얻은 책의 개념을 분석해 보면,

첫째로 책은 용이하게 운반될 수 있어야 한다. 아무리 사람의 사상이 문자나 그림 따위로 기록되었다 하더라도 벽에 붙은 그림을 책이라고 할 수 없다.

둘째로 어떤 목적을 가진 내용이 들어 있어야 한다. 다시 말하자면 외형은 책처럼 되어 있어도 속이 백지 그대로라면, 그것은 앞으로 기록할 수 있는 잡기장이거나 제책(製冊)의 견본이라고 할 수는 있어도 책은 아니다.

셋째로 어느 정도의 분량이 일반적으로 등[背]이라고 불리는 한 곳에 밀착되고 표지로 보호되어야 한다.

이상 열거한 세 가지를 다시 한마디로 종합하면, 책이란 문자나 어떤 사실 혹은 사상의 기록을 많이 인쇄하여 등[背] 한 곳을 고정시켜 보기에 편하게 함은 물론, 그 내용을 오래 보존하기 위하여 표지를 씌운 것이라고 할 수 있다.

이와 같은 책은 아주 오랜 역사를 가지고 있다. 어떤 의미에서는 책의 기원은 언어와 예술의 기원과 때를 같이 한다.

책이 인간의 지식을 전승해온 도구라고 한다면, 문자가 있기 이전의 사회에서는 사람의 입을 통해서 사상이 전승되었기 때문에 최초의 책은 사람이라고 할 수 있다. 우리는 이런

---

4) 등[背]은 책의 앞표지와 뒤표지가 잇닿는 편편한 곳을 말한다. 책의 등에는 도서명 · 저자명 · 출판사명을 인쇄하거나 금가루로 새겨 칠하는 것이 보통이다.

예를 얼마든지 들 수 있거니와, 가장 대표적인 것으로서 문자 이전부터 시인의 입에 오르내려온 〈일리아드〉와 〈오디세이아〉[5]를 들어, 책의 기원은 말과 예술에서 비롯했다고 할 수 있겠다.

그러나 책이라고 부를 수 있는 최초의 것은 역시 글자나 그림으로 기록된 것이다. 이것은 인간이 문자로 완전하게 사상을 표기하기 이전에 벽이나 돌 위에 그들이 서로 알 수 있는 여러 가지 모양의 그림 따위로 표기했던 것이다.

이것보다 얼마 후에 책이라는 말의 어원(語原)이 뜻하듯이 나무나 나무껍질로 만든 책이 있었다. 그러나 책이 오늘날과 비슷한 형태를 가지게 된 것은 서기 105년 중국의 채륜[6]이 종이를 발명한 후라고 할 수 있다. 그러나 그때만 해도 같은 책을 여러 권 만들려면 많은 사람이 앉아 한 사람이 부르는 것을 똑같이 받아써야 했기 때문에, 같은 내용의 책이라도 받아쓰는 사람에 따라서 서로 다를 수도 있는 불편과

---

5) 〈Iliad〉와 〈Odysseia〉는 모두 호메로스(Homeros, B.C. 700)의 작품이라고 전해지고 있는데, 그리스 최고(最古)이며 최대의 서사시편으로, 그 내용은 트로이 전쟁의 전설을 노래한 것이다. 호메로스는 가상의 인물로이 〈일리아드〉도 한 사람의 손으로 된 것이 아니라는 설도 있지만, 이것은 기원전 9세기경 그리스의 편력 시인들의 노래로서 한 사람의 입으로부터 다른 사람의 입으로 전해져서 그 사이에 여러 가지로 그 내용이 첨가되어 오늘과 같이 된 것이라는 설도 있다.

6) 채륜(蔡倫, 50?~118?) 중국인으로 종이의 발명자. 후한(後漢)시대 원흥(元興) 원년(105년)에 종이를 발명했다. 중국에서는 예로부터 댓가지나 비단에다 글을 써 왔는데, 비단은 값이 비싸고 댓가지는 사용하기가 불편했다. 공예에 대한 재능이 비상한 채륜은 상방(尙方)이라고 하는 궁중용품의 제작소장으로 있을 때, 궁중에서 필요로 하는 많은 기구를 제작하는 한편, 종이 제조에 대한 연구를 거듭한 끝에 드디어 종이를 발명했다.

애로가 있었다. 이런 형태로 책이 계속 만들어지다가 1447년 독일의 구텐베르크가 활판 인쇄술을 발명하여 비로소 많은 책이 활판으로 제작되게 되었다. 이렇게 발전한 책은 우리들의 문화생활의 한 생명선과도 같이 되었다.

어떤 시인은 말하기를 "책을 사랑할 줄 아는 사람은 이 세상에서 아무리 불행한 처지에 떨어지더라도 모든 인류 가운데 가장 부유하고 또 행복한 사람이다"라고 했고, 좀더 구체적으로 책의 고마움을 설명한 사람으로는 파울 에른스트[7]가 있다.

내가 만일 내 생애를 한번 꿰뚫어 본다면 내 생애에 있어서 가장 불행한 시간은 아마도 서적에 귀착시킬 수밖에 없었음을 발견하는 데 있을 것이다. 좋은 서적은 언제든지 우리에게 무엇인가를 제공하면서 그러나 그 어떠한 것도 요구하지는 않는다. 서적은 우리가 듣고 싶어할 때 말해 주고, 우리가 피로를 느낄 때 침묵을 지켜 준다. 서적은 몇 달이나 몇 해간에 참으로 참을성 있게 우리들이 오기를 기다리며, 그리하여 설사 우리들이 하다못해 다시 그것을 손에 든 때라도 결코 우리의 감정을 상하게 하는 일을 하지 않고, 마치 최초의 그날과 같이 친절히 말해 준다. 그러므로 책을 가지고 있고, 그것을 읽는 성의를 가지고

7) Ernst, Paul(1866~1933) 독일의 작가. 학생 시절에는 사회민주주의 운동에 참가했으나 나중에 가서는 유물론을 공격하고 북방정신(北方精神)과 그리스 정신과의 결합을 목표로 한 게르만주의에 반전(反轉)해서 나치스 운동에 이용되었다. 그는 신고전주의를 주창했으며, 특히 단편 소설에 있어서 탁월한 기법을 보여주었다. 저서로는 소설, 희곡은 물론 평론집도 있다.

있는 사람이면, 그는 결코 불행하다고 할 수는 없다. 이 지상에 있을 수 있는 가장 좋은 친구를 갖고 있는데, 왜 그가 불행해야 된단 말인가?

이러한 에른스트의 말은 독서의 소중함을 더욱 명확하게 말해 준 것이다.

참으로 책은 우리들이 문화생활을 하는 데 없어서는 안 될 음식과도 같다. 우리는 육체를 위해서 무엇을 먹어야 하는 것과 같이, 정신적인 성숙을 위해서 책을 읽어야 하기 때문이다. 그러므로 누군가가 책 읽기를 그만둔다는 것은 곧 자살해버리는 것과 다름이 없다고 하겠다.

2. 책의 선택

오늘날 문화의 특징을 여러 가지로 말할 수 있겠지만 간단히 말하자면 생활 수단의 간편화, 물리적인 거리의 단축, 역사의 압축 같은 것을 들 수 있을 것이다.

그런데 이러한 문화의 여러 가지 특징을 살펴보면 모두 책의 기능을 들어 설명할 수 있는 것이다. 사람의 생명은 짧으나 책을 통해서 인간의 지식은 영구히 계승된다.

우리는 늘 책을 통해서 수만 리 떨어져 있는 세계의 낙원에서 놀 수 있으니 물리적인 거리가 단축되는 것이고, 우리는 책을 통해서 언제든지 수천 년 전의 위인이나 성자들과도 이야기할 수 있으니 역사를 마음대로 압축한다 할 것이며,

우리는 원하기만 한다면 책을 통해서 우주의 모든 것을 소상하게 알 수 있으니 이렇게 책을 통해서 인간의 지식이 계발되고 마침내 새로운 문화를 창조해나가는 것이 된다. 책을 문명의 어머니라고도 하는 이유는 바로 이 때문이다. 그러나 현재 세계에 산재해 있는 수많은 책이 이렇게 길이 후세에 남을 만한 것이라고는 말하기 어려울 것이다.

서점에는 날마다 여러 가지 모양의 새로운 책들이 꽂혀져 있고, 그런가 하면 또 아침저녁으로 보는 신문에는 수많은 책들이 그 책마다 세계에서 제일 좋은 책이요, 이것을 읽지 않으면 사람 구실을 못하는 것처럼 아주 자극적인 선전을 하고 있다.

일반적으로 책을 많이 읽을수록 좋은 것은 사실이다. 그러나 어떤 출판 연구에 의하면 보통 사람은 1분간 3백 단어 정도를 읽을 수 있는데, 하루 평균 15분간의 과외로 독서를 한다고 하고 1년이면 백 50만여 단어를 읽을 수 있다는 것으로, 한 책에 어림잡아 7만 5천 단어가 들어있다고 치면 1년에 약 20여 권의 책을 읽을 수 있다는 계산이 나온다.

이렇게 따지고 본다면 보통 사람으로서는 우리 나라에서 1년 동안에 출판되는 책만도 평생을 두고 읽어도 다 못 읽게 된다.

여기에 때때로 외국에서 출간되는 책까지 읽어야 한다면 엄청난 수에 달한다.

그러나 생각하면 아무리 독서를 전업으로 하는 학자라 할지라도 일생 동안에 시간적으로도 문제가 있지만 경제적으로도 무한정 책을 사들일 수가 없을 것이다.

따라서 제한된 시간과 돈에 알맞게 필요한 책만을 사들여야 하는, 즉 책을 골라야 하는 문제가 생긴다. 현대의 우리에게는 인생은 짧고 책은 많다. 일찍이 쇼펜하우어[8]도 "양서를 읽어야 한다. 그러자면 나쁜 책을 읽지 말라. 인생은 짧고 인력은 제한되어 있기 때문이다"라고 했거니와, 이 말을 바꿔서 우리는 나쁜 책을 읽지 않기 위해서 양서가 무엇인지를 바로 알아야 할 것이다.

구텐베르크가 인쇄술을 발명한 이래 현재까지 세계를 통틀어서 발간된 책은 수없이 많은데, 그중에서 참으로 후세에 길이 남겨야 할 책은 2만 권이 되지 못한다고 말하고 있다. 책이란 모두가 양서가 아님을 새삼 깨닫게 된다. 이에 비추어 보면 천여 종 가운데에서 참으로 남을 만한 것은 오직 하나밖에 되지 않는다. 우리가 읽어야 할 양서를 어떻게 고르느냐는 문제는 어떻게 읽을 것인가에 앞서서 해명되어야 할 중요한 명제가 아닐 수 없다. 귀중한 시간과 한정된 재력을 이용하여 가장 효과적으로 독서를 하기 위하여 우리는 어떠한 지침을 세워야 할 것이다. 이런 절실한 요구에 대하여 고금을 통해서 많은 사람들은 그저 양서를 읽으라는 말뿐으로 아직도 양서란 어떤 것인가에 대하여 구체적으로 명쾌한 해

---

8) Schopenhauer(1788~1860) 독일의 철학자. 그의 부친은 그를 상인으로 만들려고 했으나 그는 철학과 자연과학을 공부했다. 그는 세계적인 명저로《의지와 표상으로서의 세계》를 남겼다. 그는 독서론에서 양서를 읽어야 한다고 다음과 같이 말했다. "악서를 읽는 것이 적어진다거나 양서를 읽는 것이 많아진다는 것은 있을 법한 것 같지 않다. 결국 악서는 지성을 해치고 정신을 상하게 하기 때문에 양서를 읽는 하나의 조건이 있다. 그것은 악서를 읽지 말 일이다. 왜냐하면 인생은 짧고 시간과 정력에는 한계가 있기 때문이다."

답을 내려 준 것은 그리 많지 않고, 오히려 앞에서 말한 쇼펜하우어 같은 사람은 양서를 읽으려면 악서를 읽지 말라고 하는 막연한 말을 하는가 하면, 어떤 사람은 책을 읽고 모두 그것을 믿는다면 책이 없는 것만 같지 못하다고 해서 책을 대하려는 사람들에게 경각심을 높여 주고 있다.

다시 물어 볼 것도 없이 우리는 양서를 읽고 악서를 읽지 말아야 할 것이나, 중요한 것은 양서와 악서가 어떻게 다르며 또 어떻게 그것을 쉽게 가려내느냐가 문제다. 책에 대하여 비교적 자세한 서지학(書誌學)[9] 사전에서 양서가 무엇인가를 찾아보았더니, 문장 · 사상 · 표현이 모두 그 제목에 알맞고 기술이 양심적이며, 또한 그 책을 읽는 사람에 적절한 것을 말한다고 하였는데, 이것은 내용에 대한 말인 것 같다. 그리고 인쇄 잉크 · 조판 · 용어의 정확 · 활자의 크기가 적당하고, 용지가 좋으며, 오래 보존될 수 있게 제책(製冊)이 튼튼하고 또 아름다워야 한다고 했다. 그러나 미국의 철학자 에머슨[10]은 양서를 고르는 방법으로 다음과 같은 말을 했다.

첫째로 출판된 다음 1년이 지나지 않았으면 어떤 책이든 읽지 말라, 둘째로 평가를 받은 책이 아니면 읽지 말라. 셋째로 자

---

9) 서사학(書史學)이라고도 한다. 서지학이란 한마디로 말하면 서적을 연구 대상으로 하는 학문이다. 광의적으로 인쇄술, 제책술(製冊術), 고문서학, 문헌학, 도서학, 고증학, 분류학, 목록학, 배열학, 제지술, 사진술, 서도 등 재료 연구까지에 이른다.

10) Emerson(1803~1882) 미국의 시인 · 사상가. 목사의 아들로 태어나서 하버드대학을 졸업하고 뉴데리안파의 목사가 되었으나 성찬 의식에 대하여 의심을 품고 사직하여 주로 문필 생활을 하였다. 그의 저서로는 시집, 평론집 등 다수가 있는데 수필집도 상당히 있다.

기가 좋아하는 책이 아니면 읽지 말라.

요즘 흔히 보잘것없는 책을 만들어 막대한 선전비를 들여서 일시적인 평판을 받지만, 좋지 못한 책이면 1년 이상 서점에서 배겨나기가 어렵다. 그와 반대로 1년 이상 평판이 좋아 서점에 놓인 책이면 신용하고 읽어도 좋으나, 아무리 남들이 좋다고 하는 책이라도 자기가 흥미를 가질 수 없는 책이면 읽을 것이 못 된다는 양서 선택의 기준을 말했는데, 영국의 유명한 목사인 콜리어[11]는 한 걸음 더 나아가 자기에게 도움이 되지 않는 책은 해로운 책으로 규정하여 다음과 같이 말하였다.

나는 하느님에 관한 책을 읽고 그 책이 오히려 하느님을 나에게서 더 멀게 하였을 경우, 인생에 관한 책을 읽고 그 책이 생의 값어치를 적게 하였을 경우, 도덕에 관한 책을 읽고 그 책이 도덕관념을 약하게 했을 경우, 그 책은 나에게는 악서임을 안다. 나는 빵이나 우유를 요구하지 술이나 아편을 바라지는 않는다.

콜리어의 말을 요약하면 악서라고 하는 세 가지 이유는,
첫째 그 책에서 얻고자 한 것이 없을 때,
둘째 그 책이 인생의 즐거움을 빼앗았을 때,
셋째 그 책이 우리들의 정신을 숭고하게 하지 못하고 그와

---

11) Collier(1680~1732) 영국의 철학자. 옥스퍼드대학에서 공부하고 목사가 되었다. 그의 사상은 정신 이외의 모든 대상의 존재를 부인하고 절대 관념론을 주장했다.

반대의 경우일 때라고 말할 수 있다.

이것을 다시 한마디로 말하면 책의 내용은 어떤 사람에게 있어서나 그 사람이 가장 필요로 하는 책이어야 한다는 것이다. 특히 내용의 확인보다 소문만 듣고 베스트셀러만을 선택하는 일은 경계해야 할 것이다.

3. 베스트셀러의 허와 실

베스트셀러란 영어로서 가장 많이 팔린 책을 말한다. 하필이면 책에서만 이 말을 쓰는지 궁금하지만, 실은 지금으로부터 90년 전 미국에서 처음 어느 잡지에서 여섯 권의 베스트셀러라고 발표한 데서 비롯되고 있다. 무엇이나 잘 팔리는 물건이면 베스트셀러라고 할 수 있을 터인데도, 유독 베스트셀러라면 책으로만 생각되는 것은 시초가 그런 까닭이라 생각된다.

그렇다면 어느 정도의 기간 동안 얼마나 많이 팔려야 베스트셀러라 할 수 있을 것인가에 대해서는 아직도 정설이 없다. 다만 일부 연구가들은 1년 동안에 그 나라 인구의 1퍼센트 정도는 팔려야 한다는 견해가 있을 뿐이다. 그러면 일본이 인구 1억이라고 칠 때 1년에 1백만 부 팔리는 것이면 베스트셀러가 된다는 말이고, 우리 나라는 현재 남한에서만 45만 부가 팔려야 한다.

미국에서 세계적으로 권위를 자랑하는 〈뉴욕 타임즈〉가 백만 부를 넘지 못하고 있지만, 단행본이 백만 부를 돌파하는 것은 얼마든지 있다. 이렇게 보면 출판문화의 위력은 대단한 것으로서 비단 영리적인 측면뿐만 아니라 매스 미디어로서의 위력 또한 다른 것에 비해 조금도 뒤질 것이 없다. 신문은 하루나 이틀의 생명이 고작이지만 영원한 생명을 지닌 똑같은 내용을 가진 책이 그렇게 많이 대중의 손에 들어간다는 것은 대량 전달로서도 제왕의 자리를 차지함에 틀림없기 때문이다.

그런데 보편적으로 우리 나라에서의 베스트셀러란 과연 얼마나 많이 팔리는 것을 집계한 것인가. 원래 베스트셀러의 집계에는 허위와 조작이 내재하고 있었다. 서양 어떤 출판사는 자사의 출판물을 베스트셀러의 대열에 끼게 하려고 사원을 동원해서 서점으로 돌게 하면서 인기가 있는 것처럼 선전하는가 하면, 실제로 구입토록 해서 집계 숫자를 조작했고, 영국의 유명한 소설가인 서머셋 몸은 어떤 자작 소설의 주인공을 신문에 소개하고 나서, 나는 백만장자인데 이런 소설의 주인공과 같은 사람이 있으면 결혼하고 싶다는 선전을 해서 시원치 않은 작품을 날개가 돋치도록 팔리게 했다는 웃지 못할 이야기도 있다.

이유가 어떻고 사실이야 어떤 것이었든지 〈독서신문〉에서 그동안 참을성 있게 꾸준히 베스트셀러 조사를 계속해서 이제 일 년 집계를 냈다는 것은 이 방면에 관심 있는 많은 독자들에게 좋은 선물이 아닐 수 없다. 이 베스트셀러 조사는 미국에서 이 방면의 연구로 세계적인 정평이 있는 헥케드와 같은 사람이 아니더라도 출판 판매사 자료 · 출판 경영 연구 · 국민 독서경향 파악 · 당시 사회상 등을 아는 데 귀중한 자료가 될 수 있다.

한 나라 국민의 독서의 질과 양을 보면 그 나라의 장래를 점칠 수 있다고 하는 말이 진실이라면, 오늘의 베스트셀러 집계는 바로 우리들에게 내일을 내다볼 수 있는 자료의 일부가 된다는 데서 중요성이 인정된다. 시대의 거울 구실을 하는 출판의 사명으로 선지자 역할을 망각한 채 그 통계 숫자가 조작된 부분이 많거나 정확한 집계가 아닌 어떤 결함이 있다고 할 때, 내일을 판단하는 데 그르칠 염려가 있게 마련이다.

이제까지 알려진 베스트셀러의 집계를 놓고 얼마나 정확한 것인가를 따질 겨를이 없지만 현실적으로 나타난 소설과 비소설 각각 5종씩 모두 10종을 살펴볼 때, 우리 나라에서도 거의 예외없이 이른바 베스트셀러의 3S 조건이 들어맞는다는 데 감탄을 금할 수 없다. 3S란 섹스의 S · 센티멘털의 S · 센세이셔널의 S 등을 말한다. 전부가 그렇다고는 할 수가 없지만 위의 10종의 책 가운데는 그 어떤 S가 많이 가미되었느냐가 문제일 뿐, 3S의 요소가 전혀 없는 책이 2~3 권이나 될 것인지 궁금하다. 섹스가 아니면 하다못해 센세이셔널한 요소라도 주사를 놓아야 잘 팔린다는 것은 뻔한 일이다.

그렇다고 위의 10종이 과연 우리 나라 인구의 1퍼센트에 해당되는 40만 부가 팔렸다고 보기는 어렵다. 이것은 그 책의 발행 부수를 어림짐작하는 요소로서 중판수를 보면 고작 5판에서 20판 미만이다. 흔히 초판 2~3천부에서 중판을 1~2천으로 볼 때, 선전과는 달리 10만을 넘은 책이 몇이나 될까? 그러나 엄연한 사실은 이들 10종이 우리 나라에서는 가장 많이 팔린 책들이라는 데에 오늘날 우리 나라 출판계가 안고 있는 고민이 있다. 세계적인 통례로서의 베스트셀러는 우선 수적으로 우리 나라에는 처음부터 성립되기 어렵다. 따라서 한국적인 현실을 감안해서 1년 동안 1만 부만 팔려도 베스트셀러라고 해야 할 형편이라면, 한국의 출판업이라는 것이 얼마나 어려운 실정이라는 것을 알고도 남을 것이다. 한 번 읽고 휴지통에 집어 던질 내용의 책이 설사 오늘의 베스트셀러가 된다 해도, 그 책을 만들어내기 위해서 글을 쓴 작자로부터 제본소의 직원에 이르기까지 심혈을 쏟았는데도 불구하고 숙명적으로 그 생명이 짧은 것이라면, 많은 사람들의 노고가 무엇 때문에 있었느냐를 생각할 때 허망한 생각이 들 것이다. 물론 누구나 출판을 시작할 때 출판도 기업적으로 성립되어야 한다는 데서 베스트셀러가 되어 주기를 바라는 마음 간절할 것이지만, 그것을 바란다고 모두 그렇게 되는 것은 아니다. 선진국에서 출판을 아무리 과학적으로 따지고 시작해도 10종에서 3종이 성공하면 기획자를 표창한다고들 한다. 때문에 출판이란 그만큼 어려운 사업이다. 이 어려운 사업을 지속적으로 성장시키는 방안의 하나가 베스트셀러를 만들어내는 것이다. 그러나 주의해야 할 것은 그 누구든지 출판에 있어 베스트셀러만을 노리고 출판을 계속하려고 든다면, '칼을 쓰는 사람이 자신의 칼에 찔려 죽는다'는 식으로 막을 내리고 마는 것이 사실이다. 오늘의 베스트셀러 작가나 출판인들께 박수를 보내면서 동시에 주의를 환기하고자 하는 까닭이 바로 이런 데 있다.

제3장 독서의 의의

독서는 충실한 인간을 만들고 회의는 각오가 선 인간을 만들며, 필기는 정확한 인간을 만든다.　　　　　— 베이컨

1. 사색을 위한 독서

현대 지성인의 한 사람으로 널리 알려진 임어당(林語堂)[12]은 독서에 대하여 다음과 같이 말했다.

평소에 독서를 하지 않는 사람은 시간적으로나 공간적으로나 자기 하나만의 세계에 감금되어 있다. 그러한 생활은 틀에 박힌 생활이다. 좁은 교제의 범위 안에서 몇 사람의 친구들과 이야기할 뿐 보는 것이나 듣는 것이 거의 신변의 이야기뿐이다. 그러나 그러한 사람들이라도 손에 책을 들기만 하면 그 사람은 생각

---

12) 임어당(1895~1976) 중국의 문학자. 그는 원래 언어학을 전공했으나, 미국에 정주하면서부터 소설을 써서 중국 문화를 소개하는 데 힘썼다. 대전 후 파리로 가서 유네스코 예술 문화부장이 되었다. 그의 수필은 세계에서 널리 호평을 받고 있다.

하기조차 어려운 별천지에 있는 자신을 발견할 것이다. 그리하여 책은 일찍이 알지 못한 인생의 여러 가지 면을 말해 주리라.

이 짧은 말은 독서가 무엇이며 독서를 왜 해야 하는가를 잘 알려 주는 데 부족함이 없다.

그렇다, 독서에 의해서 새로운 지식을 얻고 독서에 의해서 인생의 의미를 발견하며, 생각하고 감격하며, 독서에 의해서 용기를 얻기도 하고 나아갈 길을 찾기도 한다. 물론 사람이 책을 읽는 것은 우환(憂患)의 시작이라는 중국의 속담이 있기는 하다. 책을 읽지 않으면 세상에서 일어나는 일을 모르고 지낼 수 있으니 좋고, 아무 일도 깊이 생각할 필요가 없으니 좋으며 따라서 무사태평을 누릴 수 있다는 말이 있다. 그러나 진정 우리가 책을 읽지 않고 산다면 세상 돌아가는 일도 모르고 예술의 창조는 차치하고라도 바른 과학적인 지식도 모를 것이다. 그러고서는 평안한 생활은커녕 오히려 불행만 더해질 것이 아니겠는가. 오늘날 지구상에서 불행을 감수하고 살고 있는 수많은 사람들이 책을 읽어서 그러했던가 아니면 무지해서 일찍부터 문명 세계를 접하지 못해서인가를 살펴본다면, 중국의 그와 같은 속담은 불행을 자초하는 말이 된다는 것을 알 것이다. 독서의 의미는 한마디로 말하면 중국의 속담을 뒤집어 인생을 행복하게 하는 것이라고 말할 수 있다.

사람에게는 천성으로 알고자 하는 강한 본능이 있는 것이다. 이것은 무슨 학문적인 해명을 기다릴 것조차 없이 사람은 나면서부터 부모를 비롯하여 이웃의 벗들과, 교사에게서 사회 전반의 모든 것을 보고 듣고 배운 경력을 더듬어보면 쉽게 이해할 수 있는 일이다. 누구나 그 무엇을 알고자 하는 욕망을 채우기 위해서 많은 어려움을 겪은 과거가 정도의 차이는 있어도 없지는 않을 것이다. 예를 들면 글방에서 따끔한 회초리 맛을 본 것도 그렇고, 학교에서 여러 사람이 한 무리로 억울한 벌을 서 본 적도 있으며, 고학하는 사람이 학비를 벌기 위해서 피땀을 흘리는 적도 모두 알고자 하는 욕망을 채우려는 때문에 치르는 것이니 고역이 아닌 것이 없다. 그러나 우리가 아무리 고역을 치르고 알려고 하더라도 교육을 통해서 얻어지는 것은 지극히 한정된 범위를 벗어나지 못하게 마련이다. 여기서 시간과 공간을 초월한 영원한 스승을 모셔야 할 필요를 느낀다. 이것이 곧 독서라 할 수 있다.

일찍이 시성 셰익스피어[13]는 책·학교·예술이야말로 전 세계를 포용하며 영양을 공급하는 것이라고 했는데, 확실히 책은 우리들 최고의 스승이다. 책만 있다면 그리고 그것을 읽는 즐거움을 아는 사람이면 결코 불행할 수가 없다고 한 것은 앞에서 말한 바 있거니와, 책은 필요에 따라서는 우리가 원하는 어느 곳에든지 우리를 인도하는 것이다.

우리가 좋은 책을 손에 들고 있다면 우리는 훌륭한 스승과

---

13) Shakespeare (1564~1616) 영국의 극시인. 곡물상과 잡화상을 하던 빈가에서 태어났다. 어려서 라틴어 학교에 다니다가 학비를 내지 못해서 퇴학했다. 런던으로 가서 극장에서 잡역을 하다가 배우가 되어 활약하는 한편 시와 극작에 힘썼다. 그는 초인적으로 많은 작품을 남겼기 때문에 실재의 인물이 아니라는 설도 있다. 어떤 사람은 그가 하느님 다음에 많은 창조를 했다고 하며, 또 칼라일은 백여 년 전 영국의 곡창인 인도는 내놓아도 셰익스피어만은 영국에서 내놓을 수 없다는 말을 했다.

만나는 것이 되고, 우리가 책을 펴서 속에 담겨진 귀한 글을 읽고 있다면 우리는 덕망 높은 스승에게서 직접 가르침을 받고 있는 것이 된다. 가르침을 받는다는 말은 교육이라는 말과 바꾸어 말해도 좋다. 알기 쉽게 교육이란 사람을 사람답게 하는 즉 각 사람마다 알맞은 인격을 함양하게 하는 일이라고 말할 수 있다. 그런데 교육이란 교사의 가르침만으로는 충분하지 못하다는 말은 이미 앞에서 책의 기능을 들어 말한 바 있지만, 좀더 구체적으로 교육에 있어서 교사의 임무는 소크라테스[14]의 산파(産婆)의 비유와도 같이, 있는 것을 그대로 전하는 데 그치기 때문에 참으로 창조적인 계발은 아무래도 각자가 스스로의 능력과 기술을 충분히 발휘해서 자기대로의 인격 함양을 위한 방도가 있어야 한다. 이것은 자기교육은 교사 없는 교사의 지도가 필요하다는 말인데, 이 요구에 응할 수 있는 것이 곧 책이라는 말이다.

일찍이 어떤 현철(賢哲)은 인간이 다른 동물과 다른 점은 도구를 가지고 있는 것이라고 했지만, 나는 인간이 책을 가지고 있는 것이 무엇보다 자랑거리가 아닌가 생각한다. 그리고 한편 파스칼[15]은 그의 명저 《팡세》 가운데서 "나는 손도

───────────────

14) Socrates(B.C. 470~399) 그리스의 철학자. 아버지는 조각가요, 어머니는 조산부였다. 이들의 아들로 태어나서 거리에 나서서 청년들을 설교하였다. 그는 당시의 많은 사람들이 단순한 지식을 팔고 다니는 데 반대했다. 그는 교사를 산파에 비유하기도 했거니와, 그가 바라는 최고의 가치라고 하는 것은 단순한 교육으로는 얻을 수 없고 적극적인 덕행의 실천에서만 얻을 수 있다고 하여 지덕합일(知德合一)의 경지야말로 진정한 행복이라고 했다. 그는 국가의 신을 신봉하지 않는다는 이유로 고소당하여 도망갈 기회가 있었음에도 불구하고, 악법이라도 국법을 지켜야 한다는 신념 아래 70세에 사형 선고를 받고 태연하게 독약을 마셨다.

발도 머리도 없는 사람을 생각할 수 있다. 그러나 나는 사색하는 힘이 없는 사람을 생각해 볼 수는 없다. 그것은 돌이나 짐승일 것이다. 그러므로 인간의 존재를 가능케 하는 것은 사상이요, 그것이 없고서는 사람을 생각할 수 없다"고 말한 바 있다.

사색, 이것이 인간의 위대함이다. 그러나 이 위대한 인간의 사색은 독서와 표리의 관계에 있다. 로크[16]는 사색과 독서의 관계를 말하기를 "독서는 지식의 자료를 주고, 그 자료를 자기의 것으로 하는 것은 사람의 사색의 힘이다"라고 했다.

확실히 독서는 인간으로 하여금 보다 높은 이상을 바라보고 살게 하고 인간을 깊이 명상에 잠기게도 하며, 인간을 무지에서 깨어나게 함으로써 그런 여러 가지를 바라는 사람들로 하여금 기쁨에 넘치게 하는 것이다.

보라, 우리는 독서로써 현실 세계를 초월하기도 하고, 우

---

15) Pascal(1623~1662) 프랑스 과학자, 철학자. 그가 과학자라는 것은 16세 때 〈원추곡론집(圓錐曲論集)〉이라는 논문을 발표했고, 19세 때 계산기를 고안했다는 사실을 들 수 있으며, 이른바 파스칼의 원리를 발견하기도 했기 때문이다. 그가 철학자라는 것은 수도원의 객원이 되는 한편 당시의 교회를 비판하는 글을 공개했는데, 이것이 근대 프랑스 산문의 시초가 된다는 것과 아울러 기독교 변증론의 논술에 착수한 단편이 유명한 《팡세》이다.

16) J. Locke (1632~1704) 영국의 철학자 · 정치 사상가. 그는 인식론의 창시자요, 계몽철학의 개척자일 뿐 아니라 정치 · 교육 · 종교 사상에 중요한 영향을 끼친 저술을 하였다. 특히 정치사상으로서는 국민자유와 정치적 질서와의 조화를 목적으로 하고, 국가의 성립은 계약설을 취하되 이성 지배를 확립하기 위해서 입헌군주제를 주장하고, 삼권분립을 설파했다.

리가 원한다면 어떠한 이상의 나라에도 갈 수가 있다. 인간의 존재란 원래 유한하지만 시간과 공간의 아무런 제약도 받지 않고 어떤 시대, 어떤 국가, 어떤 전문적인 일, 어떤 직업, 어떤 계급의 차별 없이 우리의 소원대로 접할 수 있는데 독서의 특색이 있으며, 이것이 또 그대로 인간의 특권이 되는 것이다. 참으로 독서야말로 인간의 특권을 마음껏 누릴 수 있는 가장 뜻깊은 방법이라고 할수 없다.

2. 지식 획득을 위한 독서

오늘날 일부의 경박한 청소년 가운데는 독서보다 영화나 오락에 도취되고 있어서 정신세계가 점차 좁아져가는 경향을 보이는 청소년들이 있다고 하는 것이 그 방면에 관심 있는 사람들의 일치된 의견이다.

독서란 단순히 지식을 이어받는 데만 그 의의가 있는 것이 아니고, 인간으로서 갖추어야 할 기본적인 수양을 쌓는 것이라고 생각하는 것이 좋을 것이다. 이것은 원래 좋은 책은 학자나 덕망이 높은 수도자나 심오한 철리(哲理)를 터득한 문인들이 그 시대에 있어서 그들이 모든 지식과 기능을 발휘하여 그들의 사상을 기록한 것이기 때문에, 그러한 책을 읽게 되면 우리는 힘들이지도 않고 그들이 전력을 기울여 연구한 사상을 받아들일 수 있는 것이다. 이때에 우리가 선인들의 훌륭한 지식을 성실하게 받아들인다면 우리는 그만큼 달라져야 한다. 그러한 의미에서 어떤 사람은 한 권의 책을 읽게 되면 얼굴이 달라진다. 인간이 달라지는 것이다. 인간이 달라진다는 것은 다시 말하면 흔히 말하는 인생행로를 바로잡는다는 말이다.

사실 우리 선배들의 의견을 종합해 보면, 그들이 오늘날 여러 방면에서 제각기 하고 있는 일들이 그들의 적성에 맞든 안 맞든 간에 그런 방면에서 일하게 된 중요한 원인을 살펴본다면, 한때의 독서 경향이 앞날을 결정지은 중요한 계기가 되었다는 사람이 많다.

그러나 우리는 이제 여기서 새삼스럽게 무엇 때문에 책을 읽을 것인가 하는 말을 늘어놓을 필요도 없이, 독서의 의의를 한마디로 말하면 인격을 고양하고 인간의 보다 숭고한 생활을 영위하려는 데 있다는 것을 알 것이다.

그러나 어떤 사람은 독서란 어디까지나 남의 지식을 얻는 데 있는 것일 뿐 아무런 인격의 순화도 받지 못하는 것이라고 말한다. 이런 사람의 경우는 인간의 교육이란 반드시 학교 교육으로써 교사의 지도를 통해 이루어지고, 스스로의 계발이란 지식에만 편중될 뿐이라고 생각하는 사람들이다. 확실히 독학이란 일반적으로는 학문에 편중되는 경향이 있을 뿐 아니라 학문 그 자체에 있어서도 기초가 튼튼하지 못하고, 또 어떤 한 부문으로만 좁아지기 쉽다. 그러나 이것이 인격에 미치는 영향이 크다고 말하기는 어려울 것이다. 왜 그러냐고 한다면 학교가 있기 이전의 책만을 가지고 있던 선인들 중에서 우리는 인격자를 얼마든지 알고 있기 때문이다. 그것보다도 자기의 지식에 견주어 보아 정도가 높은 책을 열심히 읽는다면 이것은 독서라기보다 벌써 하나의 수련이 아니겠는가. 이러한 수련을 쌓는 사람이야말로 훌륭한 수도자요, 인격자라고 할 수도 있을 것이다. 뿐만 아니라 우리 나라에서 독서 문제에 일찍부터 많은 관심을 기울여온 조용만(趙容萬)씨는 그의 〈학생과 독서〉라는 글의 첫머리에 다음과 같이 말했다.

독서는 누구에게나 그리고 어느 때나 필요하지만, 청년 학생기에 있어서는 가장 필요하다. 말할 것도 없이 학생의 본분은 공부하는 것, 즉 모르는 것을 배워 익히는 것이므로, 이 때문에 학교에 다니는 것이지만, 현대의 교육제도는 종합적이지 못하고 교수의 가르치는 방법도 불완전하다. 전공 학과에 관해서만 가르칠 뿐이고, 전공 외의 것에는 일체 언급하기를 싫어하며, 또 그 전공 학과일지라도 부분적으로는 지극히 상세하지만 근본에 들어가서는 조금도 손을 대려고 하지 않는다. 때문에 현대교육의 이런 결함을 보충하고, 다시 더 알고 배우기 위하여 독서가 중요한 의의를 갖게 되는 것이다.

또한 이희승씨는 그의 저서 《벙어리 냉가슴》 가운데 〈독서와 인생〉이라는 제하의 수필에서 독서는 생을 확대한다고 다음과 같이 말했다.

인생은 구원(救援)한 자연에 비하여 너무도 가엾고 미미한 존재다. 시간적으로 미미하고 공간적으로도 그러하다. 일생 동안을 부지런히 배우고, 활동하고, 노력한다 할지라도 그 힘이 미치는 범위는 극히 작은 세계에 국한되지 않을 수 없다. 그러나 우리는 독서를 통하여 제한을 초극(超克)할 수 있으니, 고인과 면대(面對)하여 경해(驚駭)에 접할 수도 있고 어느 정도 미래의 세계에 소요(逍遙)할 수도 있다.

이것은 독서에 의한 축지법이라고도 생각되는 것이다. 또는 태양을 만지고 은하계를 더듬어서 우주의 구석구석을 살필 수도 있으니, 이것은 축지법을 독서에서 체득한 것이라고 볼 것이다. 어쨌든 우리는 독서를 통해서 동서고금을 종횡무진으로 활보할 수 있으니, 이 짧은 인생에 독서의 능력이 부여된 혜택이야말로 얼마나 고마운 청복(淸福)인가. 인생은 모름지기 이 청복을 흐뭇하게 누릴 일이다.

이렇게 보면 책과 학교가 전 세계를 영양(營養)한다는 셰익스피어의 말과 책은 훌륭한 스승이라는 게리우스의 말처럼 독서야말로 세상의 빛이요 인생의 참된 복이라고 말해도 좋을 것이다.

제4장 독서의 역사

책을 한 권 읽으면 한 권의 이익이 있고, 책을 하루 읽으면 하
루의 이익이 있다.　　　　　　　　　　　　　— 괴문절(傀文節)

1. 우리 나라의 독서의 역사

역사적으로 독서를 어떻게 보아야 할 것인가에 대해서 우
리 나라에서는 아직 이렇다할 정설을 찾지 못하고 있다. 그
러나 일본의 《독서론사(讀書論史)》를 들추어보건대, 일본은
백제의 아직기에게서 경전[17]을 배운 것과 아울러 그 다음에
논어·천자문이 수입된 것으로부터 독서가 비롯됐다고 했으
니, 역사적으로 독서를 더듬어보면 우리 나라가 동양에 있어
서 적어도 일본보다는 훨씬 앞섰다는 것을 짐작하기 어렵지
않겠다.

뿐만 아니라 책의 출판과 가장 밀접한 관계가 있는 인쇄술
이 "우리 나라는 고려 고종 20년경(서기 1235년경) 이전부터

---

17) 일반적으로는 성인이 쓴 영원불변의 법칙과 도리를 말하는데, 종교의
　　교리를 기록한 책 등을 총칭한다. 곧 기독교의 《성경》, 이슬람의 《코란》,
　　불교의 삼장(三藏), 유교의 13경(經)을 말한다.

시작되어 그것이 서기 1450년경에 독일인 구텐베르크가 발명한 인쇄술보다 2백여 년이나 앞섰다는 것은 우리들이 이미 다 아는 사실이다"라고 김두종의 《한글 활자 고(考)》에 쓰인 것으로 보아 출판의 역사는 정확하게 그때로부터 기록될 수 있을 뿐만 아니라, 김원용의 《한국 고활자 개요》에서는 한 걸음 더 나아가 "사실 우리 나라에 있어서는 극소수의 정부 관리 및 학자들만이 서적을 필요로 하였고, 또 향유할 수가 있었던 것이다. 고려 · 조선을 통하여 동일 서적의 인쇄 부수는 보통 2,30부 정도이며, 많아도 수백 권을 넘지 못하였다. 그것 이외에는 필요가 없었던 것이었다. 따라서 모든 서적은 최초부터 일종의 한정판[18] · 호화판[19]이었다. 조선시대에서 활자의 성행은 삼국시대 신라의 분수에 넘치는 금제품 범람과 마찬가지로 결국 그 민족의 문화에 돌리려는 사람도 있으나, 근본을 따져 보면 이러한 불가피한 이유가 있다는 데 이의가 없을 것이다"라고 하여 우리 나라가 활자는 일찍부터 가졌어도 인쇄 및 출판이 뒤늦지 않을 수 없었던 까닭을 밝혔다. 그러나 최준씨는 《한국 출판문화사》에서 다음

---

18) 부수 제한판, 한정본이라고도 하는데, 일반적으로 책을 출판함에 무제한판의 반대로 출판할 때부터 그 수를 정하고 인쇄할 뿐 증쇄(增刷)하지 않는 출판물이다. 예컨대 특수 전문 서적이거나 희귀한 서적의 복제 내지는 증정을 목적으로 하며 출판할 때, 또는 일반적인 서적일 때는 미리 예약자를 정하고 그 필요한 수만을 인쇄하는 것도 있다. 한정판에는 그 책 속에다 번호와 소유자의 성명이 기재되는 수가 많다. 우리 나라에는 국사편찬위원회에서 발행하는 영인본이 대표적인 것이 될 것이다.

19) 장정에다 특별한 재료를 써서 호화롭게 꾸민 책을 말한다. 물론 인쇄용지도 품질이 좋은 것을 써야 하고, 표지용 자재도 튼튼하며, 보기 좋도록 하기 위해서 흔히 가죽으로 가공한다.

과 같이 말했다.

우리 나라에서 활자가 생긴 지는 자못 오래된 일이다. 조선 태종 3년(서기 1403년)에 주조소가 창설되어 동활자를 만들어 서적을 인쇄하였으니, 이것이 즉《한판대학연의(韓版大學衍義)》였다. 이때 주조된 동활자를 속칭 '계미자'라 한다. 물론 이에 훨씬 앞서 고려조 22대 고종 28년(서기 1241년)에 개성에서 간행된 이규보 시문집《동국이상국집》중에는 주자(鑄字)를 사용하여《상정예문》을 인쇄하여 유지들에게 배부했다는 기사가 있다.

이것이 사실이라면 금속의 주조 활자로 서적을 인쇄했다는 기록은 서구에 비하여 2세기나 앞서는 것이다. 이것으로 보아 우리 나라에서 책이 출판되기는 상당히 오래 전부터라고 할 수 있겠다. 물론 엄밀히 말하여 독서란 인쇄된 책을 읽는 것만이 아니고 나무에 붓으로 옮겨 쓴 책으로도 독서는 가능한 것이다. 독서가 언제부터 어떻게 진전되었는가에 대하여 성균관[20]이나 향교의 전신(前身) 이외에는 그 시초를

---

20) 고려 충렬왕 30년(서기 1228년) 당시 유일한 국립대학으로 설립되었다. 그 후 고려의 멸망과 조선의 개국에 이르러서 새 왕조의 태조 7년 7월 (서기 1398년) 수도인 한양으로 성균관을 이전했는데, 지금의 명륜동 성균관대학교의 바로 그 자리다.
당시에 고려 이래 불교 전성 시대에서 유래한 퇴폐적인 국민의 자세를 혁신하고 유능한 인재를 양성하기 위하여 대학인 성균관에 공자 이하의 열성(列聖)의 영위를 건봉(虔奉)하고 천하의 준재를 선발 수용하여 경세 제민(經世濟民) 사상과 이론으로써 유교의 경전을 중심으로 중국문학을 전공케 하는 한편, 그 명칭을 성균관·태학·국자감·반궁(泮宮) 등으

자세히 알 수는 없고 다만 지금까지 확실하게 밝혀진 것으로
는 다음에 소개하는 논문이 있을 뿐이다.

사가 독서(賜暇讀書)란 조정에서 총명·준재의 젊은 문신을
선택하여 그들에게 휴가를 주고 글을 읽혀 뒷날에 크게 쓸 바탕
을 갖추게 하는 데 그 의미가 있는 것이다. 원래 문신으로 하여
금 서적을 종열(縱閱)케 하여 제왕의 고문에 응하는 것은 중국
에도 그 예가 허다한 것으로서 한(漢)의 금마승명(金馬承明),
천록석거(天祿石渠) 등의 각로(閣盧)와 당(唐)의 문학 홍문집
현(弘文集賢)등의 전관(殿館)이 문학 시종(侍從)의 부(府)로서
가장 저명한 것이다.

그러나 이러한 한·당 등 중국의 것은 대개 궁액(宮掖) 사이
에 있던 것이며, 그의 학사들은 비부(秘府)의 서적을 다루며 문
사(文詞)·경학(經學)·전례(典禮) 내지 경세책(經世策) 등에
관하여 제왕의 고문에 응하는 소위 대조(待詔)의 직역(職役)을
가진 것이다. 그런데 총명·연소한 문신을 가려 휴가를 주어 국
비로 독서에 진전케 하는 이른바 사가 독서제는 우리 세종대왕
때에 비로소 나타난 것이다. 이 사가 독서제는 인재를 배양하고
문봉(文鳳)을 진작하는 데에 그의 목적이 있는 것이고, 이러한
측면에 있어서도 세종대왕의 탁월한 견식과 시책의 일반을 엿
볼 수가 있는 것이다. 이에 대하여 《세종실록》 권34, 세종 8년
12월 경오조(庚午條)에 —— 이와 같이 하여 시작된 사가 독서

로 병용하였다. 우리 겨레 문화의 정통을 받들어 민족정신의 진가를 밝
혀 세우는 예법과 학문의 최고 전당이며 국가의 유일한 대학이었다.

제는 처음에 전거(前擧)한 바와 같이 '자금물사본전 재가전심 독서 이저성효(自今勿仕本殿 在家專心讀書以著成効)'라 하여 다만 자유롭게 집에서 독서의 시간을 가지도록 하였던 것이다. 그러나 실제에 있어 재가(在家) 독서란 학업 전진(轉進)에 지장이 많은 것이니 —— 이리하여 재가 독서는 물론이요, 성내공가(城內空家)에 모여 독서하는 것도 학업 전진에 여러 가지 폐단이 있음을 지적하였다. 그리고 여기에서 소위 상사독서(上寺讀書), 즉 청정한 산사(山寺)에 올라가 공부를 하게 된 연유도 찾아볼 수가 있는 것이다. 그리하여 수가인(受暇人)의 산사 독서의 풍조는 세종 24년 임술(壬戌)에 선발된(제 2차) 신숙주ㆍ박팽년ㆍ성삼문ㆍ하위지ㆍ이개ㆍ이석형 등 여섯 사람으로부터 시작하게 되었던 듯하니…….

- 〈독서당〔湖堂〕 고(考)〉 중에서

이것은 〈진단학보(震檀學報)〉 17호에 발표된 김상기씨의 논문 내용의 일부다. 이로써 조선시대의 독서의 역사는 물론 멀리 중국에 있어서의 독서에 관해서도 약간을 알 수가 있고, 우리 나라의 독서의 역사라면 그 본격적인 것으로 이미 앞에서 본 바와 같이 멀리 일본에까지 건너가서 일본 사람들에게 독서를 지도한 경전과 아울러 향교에서의 독서가 가장 대표적인 것이라고 말할 수 있을 것이다.

2. 세계 독서의 역사

전세계를 통틀어서 독서의 역사를 고찰할 때, 만약 이 세상에 책이 전혀 없었다면 어찌 되었을까 하는 망령된 생각은 아니더라도, 역사를 더듬어 올라가면 점점 책의 수가 적어지는데 선현들은 어떻게 공부하였을까 하는 느낌이 든다. 예를 들면 석가·공자·노자·소크라테스 등은 책이 거의 없는 때의 사람일 뿐 아니라 그들 자신도 책을 쓰지 않았다는 사실을 생각할 때, 그들은 독서를 그리 대단하게 여기지 않았던 것만 같다. 더욱이 소크라테스의 그러한 영향을 받아서인지 플라톤[21]은 책을 그리 중하게 여기지를 않았다.

그의 견해에 의하면,

첫째, 문자는 기억을 돕는 것보다 기억을 약하게 한다.

둘째, 책은 무엇인가 생각이 있어 말하고 있는 것같이 보이지만, 질문에 응하지도 못하고 같은 말을 되풀이할 뿐, 마치 그림 그려진 동물과도 같아서 불러도 대답 없는 쓸모없는 것이다.

셋째, 책은 사람을 골라서 법설(法說)을 말하도록 상대방을 자유로이 선택할 수가 없고, 누구의 손에나 들어간다. 이로 말

---

21) Platon(B.C. 427~347) 그리스의 철학자. 소크라테스의 제자로 정치에 관심이 깊었으나 스승의 죽음에 절망감을 품고 정치에서 멀어져 아테네에 아카데미를 창설하였음. 이것은 학문의 연구를 위한 상설교육기관으로서, 그는 20년 동안 여기서 봉사하였다. 그는 많은 저술을 하였으나, 특히《향연》과《이상국가론》이 널리 알려져 있다.

미암아 적당치도 못한 사람이 책을 읽어서 그 책의 참뜻을 알아
차리기도 전에 스스로 그릇되게 판단하고 해결하는 일이 있기
때문에 책은 엉터리 지식인을 만들어낸다.

여기에 열거된 플라톤의 책에 대한 세 가지 견해가 전혀
터무니없는 것은 아니다. 그러나 플라톤의 이러한 생각과는
달리 그는 많은 책을 저술했으니 그도 말과 실행은 일치하지
않은 것이 된다. 케년(F.G. Kenyon)의 《고대의 책》이라는 저
서를 보면, 대체로 기원 전 5세기경에서부터 집단적인 독서
의 흔적을 희미하게나마 찾아볼 수 있다고 했다.

그리고 그는 고대서(古代書) 학자의 통계를 종합하여 연
대별로 세계에 퍼진 사본(寫本)의 수를 다음과 같이 표시하
고 있다.

기원 전	3세기	68
(B.C.)	2세기	42
	1세기	49
기원 후	1세기	117
(A.D.)	2세기	341
	3세기	304
	4세기	83
	5세기	78
	6세기	29
	7세기	13

이 숫자가 표시하는 것에 의해 그는 독서가 제일 많이 보급된 시대가 기원 2,3세기라고 말한다.

동서양을 가릴 것 없이 일반적으로 고대의 독서는 극히 국한된 소수의 사람들이 해왔는데, 특히 그리스나 로마를 중심으로 한 고대의 독서는 학자나 학문을 위한 노예들의 힘으로 이루어졌다고 보아도 좋을 것이다.

그때의 귀족들이란 학문이나 예술에 관심 깊은 사상가들이었다. 그러나 책의 역사를 볼 때, 인쇄술이 발명되기 전까지 책을 필사하여 그들에게 자료를 공급하는 사람들은 학문을 위한 노예들이었다는 것을 알 수가 있다.

중세 학문이 사원(寺院)에서 시작된 것은 우리 동양의 학문과 비슷하다.

아무튼 독서의 역사는 인간의 역사가 시작되고, 문자가 전해지고, 책이 만들어지고 한 이후부터 비롯됐다 해도 잘못이 없을 것이다. 벌써 기원 전 3세기에 책이 퍼진 기록을 본 우리는 독서의 역사는 다름 아닌 인류 문화의 발달사요, 그때의 책은 그 하나하나가 어두웠던 세상을 비춘 뜻깊은 횃불이었다고 말해도 지나치지 않을 것이라 믿는다.

제5장 독서의 목적

두뇌의 세탁으로는 독서보다 좋은 것이 없다. 건전한 오락 가
운데 가장 권장해야 할 것은 자연과 벗하는 것과 독서하는 것
두 가지라 하겠다.   ― 토쿠토미 로카

책을 읽는 것을 많은 사람들은 지식을 저축하는 것이라고
말하고 있다. 책을 많이 읽으면 지식이 그만큼 축적되는데,
그 축적된 지식을 필요한 때 찾아 쓴다는 것이다. 가령 책을
많이 읽는 어떤 사람이 어떤 문제에 부딪쳤을 때 누구는 그
것을 어떻게 보았고, 누구는 그것을 어떻게 하였으니 그들의
말이나 논술에 비추어서 나도 이렇게 생각한다거나, 결정적
으로 어떻게 해야 한다고 말하는 것을 볼 수 있다. 이때에 그
렇게 말하는 사람이 읽은 책이 양서였더냐, 혹은 악서였더냐
에 대하여 판별하기도 전에 벌써 그 사람의 말은 어떤 권위
가 있는 것으로 생각되기 쉽다. 뿐만 아니라 러스킨[22]은 일

---

22) J. Ruskin(1819~1900) 영국의 비평가. 스코틀랜드의 부유한 가정에서
태어나 옥스퍼드대학 졸업. 한때 미술에 심취하여 《근대 화가론》을 저
술하여 세인의 주목을 끌었으나, 사회 문제에도 깊은 관심을 가지고 있
었다. 특히 칼라일이 죽은 뒤 그를 따르는 예언자로 지목되었다.

찍이 우리들의 지식이나 생각이 모자랄 때는 책에 호소하여 책에서 좀더 많은 지식이나 순수한 생각을 얻도록 해야 한다고 했다. 이것은 우리들의 식견이 모자랄 때 어디까지나 책으로 보충해 주어야 하고, 우리들의 그릇된 사고는 책으로 바로잡아 주어야 한다는 말이고, 우리들이 책을 읽는다는 것은 우리들 각자의 세계를 깊게 하고 넓히는 데 있는 것이다.

그런데 우리들이 지향하는 세계가 제각기 다르기에 우리가 원하는 책도 각각 다른 것임은 말할 것도 없다. 따라서 책의 선택은 먼저 그 목적·요구를 확실히 밝히는 데 있다.

사실 객관적으로 양서라고 한다면 앞에서 지적한 바와 같이 책 그 자체의 문화적인 가치의 고하 및 양부(良否)에 중점이 있는 것이지만, 적서(適書)라고 하면 책을 읽는 독자의 개인적인 요구·목적·능력·수용 태도 및 관심도 등에 달려 있다고 할 것이다.

우리는 먼저 무엇 때문에 책을 읽어야 하는가를 밝히고 나서 다시 어떤 책을 선택하여야 하는가를 생각하는데, 대체로 책을 읽는 목적으로 미국의 어떤 사람은 다음의 세 가지를 들었다.

첫째, 교양·수양을 위한 독서 —— 정신적인 양식을 구하는 인스피레이션(inspiration)의 독서.

둘째, 지식을 쌓기 위한 독서 —— 말하면 학문을 연구하는 인포메이션(information)의 독서.

그는 "노동 없는 예술은 죄악이고, 예술 없는 노동은 야수적이다"는 유명한 말을 했다. 그는 오랫동안 옥스퍼드대학의 미술사 교수로 있는 한편 실천적인 미술 교육 활동에도 힘썼다.

셋째, 위안·오락을 위한 독서 —— 정서를 배양하는 레크리에이션(recreation)의 독서.

그러나 우리는 이에 한 가지를 더 말할 수 있을 것이다. 그것을 편의상 기타의 목적을 위한 독서, 다시 말하면 공무원이 검열하기 위하여 읽거나, 언어학자가 언어를 검토하기 위하여 읽거나, 평론가가 비평 자료를 삼기 위해서 읽거나, 혹은 책을 편저하는 데 인용하기 위해서 읽는, 이른바 프로페셔널(professional)한 독서의 목적 등이 있다.

1. 교양을 위한 독서

흔히 독서라면 그 첫째의 목적이 교양을 넓히는 것으로 생각하는 것이 상식으로 되어 있다. 교양이란 쉽게 말하면 자기가 스스로 노력해서 자기의 내적인 정신세계를 가꾸고 구성하는 것이라고 어떤 학자는 말했다. 그는 이어서 우리의 시야를 넓히고, 우리의 정조(情調)를 풍성하게 하며, 우리가 이상으로 하는 인격의 성장을 위한 것이라고 했다.

사람들의 교양·수양을 위한 책이란 그 책을 읽는 사람으로 하여금 숭고하고 위대한 목적을 가질 수 있게 하는 책을 말한다. 보통 선인들의 인생 체험을 거울삼아 훌륭한 품성을 기르는 데 좋은 스승이 될 수 있는 책으로, 그 대표적인 것을 들면 종교나 도덕에 관한 내용의 것인데 이것을 우리들은 교양을 위한 가치 있는 책이라고 할 수 있다. 무릇 책이라고 하는 것이 선인들의 체험이나 사고(思考), 그리고 지식을 집대

성해 놓은 것이라면, 우리는 책을 통해 그들의 오랜 노고를 겪고 얻어진 귀중한 지식을 쉽게 그리고 짧은 시간 안에 받아들일 수가 있다.

이러한 사실을 최학선씨는 간명하게 그의 〈독서와 교양〉이라는 수필 가운데서 다음과 같이 말했다.

인간이 상식마저 잃게 된다면 얼마나 슬픈 일이겠는가? 이런 이유 때문에 나는 교양을 문제삼지 않을 수 없다. 그런데 내가 말하는 교양이란 말의 뜻은 인간이 누구에게나 보편적으로 요구되는 지식과 기술을 의미한다. 그러므로 '딱지', 즉 전문과는 별개의 것이다.

다시 말하면 교양은 인간의 지식과 기술의 수평화 운동이라 하겠다. 따라서 전자는 광범위한 섭렵이요, 후자는 세부에의 천착(穿鑿)이다. 그리하여 이 양자의 상하 견제 없이는 인간의 파탄은 면하기 어렵다고 본다. 이러한 까닭에 대학 교육의 목적이 각 분야의 심오한 수직화를 지향한다 할지라도 요즘의 학생들을 그 최초의 1~2년간은 교양학부에 머무르게 한다든지, 그렇게 못할 경우에는 교양과목 강좌를 설치하여 가능한 한 수평화 운동에 노력하는 것이 아닌가 한다. 구체적으로 그 내용을 국어 · 외국어 · 수학 · 자연과학 · 사회과학 등이 바로 그 과목일 것이다.

그러나 여기서 내가 학생들에게 말하고 싶은 것은 무릇 어떠한 지식이나 기술들을 학교가 완전히 부여해 주는 것이 아니고, 그것은 어디까지나 학생 스스로가 부단히 노력하여 얻어야 한다는 것이며, 또 그 노력은 주로 독서에 기울여야 한다는 점이

다. 그러므로 여기에 자연히 독서의 문제가 제기되지 않을 수
없다.

이로써 교양과 독서와의 관계는 물론 독서의 목적이 자기
의 육성에 있다는 사실이 더욱더 확실해진 것이다.

2. 지식을 위한 독서

독서는 지식을 얻는 데 중요한 목적이 있다. 우리가 객관
적으로 생각해서 옛날 사람들과 현대인을 비교해 볼 때, 일
반적으로 현대인들의 지식수준이 높다고 할 수 있겠다.

이것은 그만큼 현대인은 고대인의 지식을 그리 큰 노력을
들이지 않고서도 쉽사리 섭취할 수 있고, 게다가 새로운 지
식을 받아들일 수가 있기 때문이다. 그러나 지식을 얻는 데
에는 직무상 필요로 할 지식도 있다. 그 전형적인 것으로는
거의 의무적으로 강요되는 학자의 연구를 위한 독서라 할 수
있는데, 이에 대하여 백철씨는 다음과 같이 말했다.

요즘에 나는 독서를 하면서 즐거워하는 것보다는 의무적으로
읽는 편이다. 아마 현대적인 전문가들의 독서법이란 대개 의무
적인 것이 우세하지 않을까. 그보다도 현재 내가 책을 읽는 것
이 괴로운 노력으로 될 수밖에 없게 되어 있는 것은, 학교 시간
만 해도 1주 10여 강좌의 과로인데다가 상당한 신경 쇠약과 불
면증 때문에 건전한 조건의 독서가 아니다. 그래도 젊은 사람들

은 자꾸 나가는데 나만 나태하게 앉아 있을 수가 없다. 될 수 있는 대로 그들에게 뒤져서는 안 되겠고, 노력할 수 있는 데까지 노력을 하자는 의무에서 독서를 강행해 본다.

학자가 자기의 전공을 깊게 하기 위해 책을 찾지 않을 수 없는 것은 물론, 직업에 따라서 자기의 직무를 보다 충실하고 효과적으로 수행하기 위한 지식을 얻기 위해서 읽는 책들은 모두 학문 혹은 지식을 얻기 위한 책이라 한다. 그러므로 일찍이 칼라일[23]도 학문의 전당이라고 일컫는 진정한 대학은 책을 수집하는 것이라고 말하였다.

우리는 연구 생활을 떠난 학자를 생각할 수 없는 것과 같이 독서를 떠난 연구를 이해할 수 없다. 그야 과학자와 같이 실험을 통해서만 확증을 얻는 연구라면 또 몰라도 그렇지 않는 것이라면 연구 곧 독서라고 생각해서 잘못이 없을 것이다. 이렇게 보면 독서 곧 연구, 이것이야말로 문화를 창조하는 중요한 요인이 된다는 것을 새삼스럽게 깨닫는 것이다.

---

23) T. Carlyle(1795~1881) 영국의 평론가 · 역사학자 · 수학자. 스코틀랜드에서 석공의 아들로 출생하여 에든버러대학에서 수업. 처음에는 목사가 되려고 했으나 수학과 법률을 공부하고, 한때 수학 교사가 되기도 했지만, 결국 문학을 전공하게 되었다. 그가 역사가라는 것은《프랑스 혁명사》를 저술해서 일약 그 위치를 확보했는데, 이 책은 약간의 편견과 결함이 없지 않다고 비평되어온 것은 사실이나, 그의 극명(克明)한 연구, 이색적인 묘사력, 예민한 통찰력이 풍부한 역사서라는 데는 이견이 없다. 그는 물질주의, 공리주의에 반대하고 영혼과 의지의 힘을 믿고 있었다.

3. 오락을 위한 독서

우리가 하나의 사회인으로서 책을 읽는다고 할 때, 이상에서 말한 바와 같이 자기의 어떤 전문적인 지식을 위해서 책을 읽을 필요가 있는 것은 물론, 인간적인 수양을 쌓기 위해서 책을 읽을 필요도 있으려니와, 그 밖에 취미나 오락을 위해서도 반드시 책을 읽어야 할 것이다. 확실히 사람이란 책을 수양을 위해서만 읽는 것도 아니고, 지식을 구하기만을 위주로 해서 읽는 것도 아니다. 그밖에 오락삼아 읽는, 이른 바 레크리에이션적 가치를 위해서 책을 읽는 편이 가장 많다고 할 수 있다. 책이란 누가 강요해서 읽는 것이 아니고 어디까지나 자유스럽게 읽어야 하는 것이라면 수양을 하기 위해서라든가, 혹은 어떤 연구를 위해서 괴로움을 무릅쓰고 읽어야 하는 것보다, 다시 말하면 사람을 얽어매는 것과 같은 독서보다는, 독서에서 자기를 해방하고 참으로 자유스럽게 읽을 수 있는 오락을 위한 독서야말로 보편적으로 책을 읽는 맛을 길러 주는 좋은 독서라 하지 않을 수 없다.

니체[24]도 이 오락을 위한 독서에 대하여 말하기를,

---

24) F.W. Nietzsche(1844~1900) 독일의 철학자. 목사의 아들로 태어났으나 그가 5세 때 아버지를 사별하고 조모 집에서 어머니 손에 자라났다. 그는 어려서부터 자의식이 강해서 14세 때 자기 유년 시대의 회고록을 썼는데, 5세 때에 경험한 심정 —아버지를 하직하는 전날 밤의 슬픔은 저녁 종소리나 달빛, 어두컴컴한 등불에 비친 짐마차 그림자 같은 것으로 감개 깊었다 — 을 그리고 있다. 또 그는 후일에 어떤 단상에서 "나는 7살 때 벌써 어린애가 아니라는 것을 느꼈다"고 말했다.

"나의 경우에서 보면 모든 독서는 나의 휴양을 위한 것이며, 따라서 나를 나 자신으로부터 해방시키고, 나를 다른 사람의 학문의 혼(魂) 속을 거닐게 하는 것"이라고 했다. 물론 니체와 같이 자기의 생각 하나하나가 그대로 오묘한 진리를 나타내는 것이라고 믿기 때문에 자신의 사색을 멈추는 것이 곧 쉬게 하는 것이라고 생각하는지도 모르겠다. 그렇기 때문에 남이 책을 읽는 것을 책의 종류 여하의 구별없이 마음 편한 산책이라 비유했을 것이라고 짐작한다. 어쨌든 니체도 책 읽는 것이 무척 즐거운 일이라는 것만은 시인하는 태도였다. 책을 읽는 것이 즐거우려면 그 책의 내용이 재미있어야 할 것이다.

우리가 젊은 날에 어떤 소설 한 권을 들고 밤잠을 자지 않고 읽을 수도 있고, 또 학교에서 공부 시간에 탐정 소설에 끌려 선생님의 강의가 귀를 스쳐버리는 것과 같은 이른바 독서삼매지경(讀書三昧之境)[25]이 주로 이 같은 오락을 위한 독

그는 본대학에서 릿츨 교수에게서 문헌학을 공부했다. 그러나 얼마 안 가서 릿츨 교수가 라이프치히대학으로 옮겼을 때, 그도 학교를 라이프치히대학으로 전학하고 말았다. 그 무렵 고서점에서 공교롭게도 쇼펜하우어의《의지와 표상으로서의 세계》라는 책을 사서 한 페이지를 읽자, 그 책에 매혹되어서 아침 6시부터 밤 2시까지 14일간 밤잠을 자지 않고 통독하였다. 그가 무서운 독서가라는 것은 여기서도 잘 나타난다. 그는 늘 말하기를, "나는 세 가지 휴식이 있는데, 쇼펜하우어와 슈만의 음악, 그리고 고독한 산책이다"고 말했다.

25) 삼매경은 산스크리트어의 'Samadhi'에서 온 말로 오직 한 가지 일에만 마음을 모아 다른 생각을 하지 않아야 심오한 진리를 깨닫는다는 말인데,《금강경》에 다음과 같이 기록되어 있다.
"佛說我得無論三昧 人中最爲第一 又楊升庵外集 三昧出釋氏書梵語也 此云謂正直又云正定 亦云正受"

서의 부류에 속한다 할 것이다.

그리고 이러한 목적으로 책을 읽는 사람이 가장 많을 것으로 생각된다.

4. 직업상의 독서

독서는 공무원이 그 책의 판매 금지나 법에 저촉되지 않나를 검토해야 할 때, 그 책에서 지식을 얻으려는 것도 아니고, 그 책이 오락의 목적물이 되는 것도 아니며, 그 책에 아무런 흥미를 느끼지 않으면서도 의무적으로 읽어야 하는 경우도 있다. 그리고 언어학자나 평론가는 언어학적인 오락을 찾기 위하여, 평론가는 평론의 자료를 찾기 위하여 앞의 공무원의 경우와 같이 책을 읽는가 하면, 저술가들은 그들의 저술에 인용하기 위해 필요한 책을 찾아 읽게 마련이다. 미국의 어떤 도서관학[26] 학자가 독서의 목적을 크게 셋으로 분류한 것과는 달리 19세기 영국 사람 찰스 콜튼은 독서의 목적을 말하여,

"어떤 사람은 사색을 즐겨 책을 읽는데 —— 이런 사람은 수가 적고, 어떤 사람은 글을 쓰기 위해서 책을 읽는데 —— 그 수는 가장 많다"고 했거니와, 이 말을 자세히 살펴보면 처음의 사색을 위한 독서란 오락을 위한 독서라고 말할 수

---

26) 영어로는 'Library science' 라고 하는데, 도서관의 행정, 도서관 관리법, 도서관 조직법, 서지학, 도서 분류학, 도서 목록학, 도서 배열법, 도서 선택법 등 도서관과 도서에 관한 연구를 하는 학문.

있겠으나, 이것은 어딘지 경박한 것이라고 비웃는 말 같고, 글을 쓰기 위해서 독서를 중요시하는 것이 요즘 흔히 독서의 목적을 분류하는 데 있어 소홀히 해온 데 비하면 크게 주목할 만한 일이다. 요컨대 독서의 목적은 인간의 덕성을 높이고, 사리의 판단력을 기르며, 사물의 이용을 기술적으로 함으로써 인생의 가치를 한층 높이고, 제각기 맡은 바 임무를 효과적으로 완수하는 데 있다 할 것이다.

제6장 독서의 기술

나는 독서하는 방법을 배우기 위해서 80년이라는 세월을 바쳤는데도 아직까지 잘 배웠다고 말할 수 없다.　　　— 괴테

1. 독서하는 방법

오늘날 문화계의 각 방면에 걸쳐서 이른바 일가를 이룬 사람들은 거의 예외 없이 독서하는 사람들이다. 이런 사람들은 과연 어떤 방법으로 책을 읽었느냐에 대하여서는 아무도 공개하려 하지 않는다. 하기는 책을 읽는 데 있어서 특별한 방법이나, 책을 읽는 사람의 성격, 지식, 경험, 독서력, 그 책의 내용 여하에 따라서 다른 것이기 때문에 한마디로 말할 수는 없겠으나, 독서하는 방법이나 기술이 전혀 없다고는 말할 수 없을 것이다. 서투른 방법으로는 노력에 비해서 효과가 적을 것이고, 틀린 방법으로는 해가 되는 수도 있을 것이다. 참으로 효과적인 방법은 이미 말한 여러 가지 요소를 고려해서 자기가 스스로 알맞은 방법을 발견하는 도리밖에 없는 것이다. 그렇지만 일반적으로 독서의 방법은 다음의 세 가지를 들 수 있다.

첫째, 독서에 익숙지 못한 사람들일수록 책에 압도되어 마음대로 읽지를 못한다. 이것이 책읽기를 꺼리는 이유의 하나가 되고 있다. 자기가 읽고 있는 책의 첫페이지에서부터 한자도 빼지 않고 전부를 정성을 들여서 읽어야 하는 것은 아니다. 오히려 처음 부분을 때에 따라서는 건너뛰고, 가운데부터 읽어가는 것이 좋은 때가 있다. 그것은 책을 쓰는 사람은 하나의 책다운 체계를 세우기 위해서, 읽는 사람에 따라서는 실제로 읽어 보지도 않을 것을 첫머리에 길게 써 놓은 것이 있기 때문이다. 어떤 사람에 따라서는 소설과 같이 한 사건, 혹은 하나의 인물을 처음부터 끝까지 이끌고 가는 책이 아니라 그 책의 목차²⁷⁾를 보고 꼭 참고로 할 것이 들어 있으면 사는 수도 있다. 이런 때 그 책을 산 사람은 나중에라도 그 책을 전부 읽는 것이 아니고 필연적으로 자기가 필요하다고 생각되는 부분만 읽게 된다. 물론 이것은 특수한 예이지만 책을 사서 한 자도 빼지 않고 전부 읽는 것은 특별한 경우가 아니면 그리 신통한 독서법이 되지 못한다.

---

27) 책 내용의 차례다. 그 책의 내용을 장 또는 절이라는 제목으로 구분한 것을 원서대로 써서 중요한 부분을 이용하는 사람들이 찾기에 편하도록 페이지 번호를 표시하고 있다. 다시 말하면 책의 내용을 한꺼번에 알 수 있도록 한 일람표다. 그러므로 누구든지 책을 손에 들면 우선 목차를 본다. 그것은 그 책 내용의 대강을 한눈에 볼 수 있을 뿐 아니라, 책 중에서 특히 자기가 보고자 하는 항목의 소재를 알 수 있기 때문이기도 하다. 그리고 목차는 대개 서문의 다음에 두는데, 프랑스에서 나온 책을 보면 끝에 붙은 책도 있다. 흔히 우리들은 책을 선택하는 데 목차만 보고 택하는 예가 있다. 목차란 책의 좋고 나쁨을 판별하는 데 중요한 요소가 된다. 서문이나 범례가 없는 책은 많지만, 목차가 없는 책은 거의 없다. 목차가 없는 책이란 번호를 모르는 전화기와도 같이 이용하기가 어렵다고 할 수 있을 것이다.

물론 두 번 이상 읽어 볼 가치가 없는 책이면 한 번 읽을 필요조차 없다는 말도 있듯이 좋은 책이면 차근차근 여러 번 읽어 보는 방법도 있다.

둘째, 책 하나를 잡고 읽어버리고 또 다른 책으로 옮겨가는 것이 보통이지만, 어떤 책을 꼭 읽어야 하겠다는 확실한 목표가 없이 이것저것을 쉴 새 없이 읽되, 무슨 계통을 세우는 것이 아닌 소위 거리를 산책하는 식으로 책을 읽는 방법도 있다. 유명한 역사가인 기번[28] 같은 사람은 거리를 산책하는 식으로 책을 읽어가는 동안에 그 책 안에 있는 것이 자기와 다르다면, 그 책을 덮어버리고 자기 생각과 알맞은 다른 책을 찾아 읽었다고 한다. 생각나는 대로 책을 여러 권 골라서 책상 위에 놓고, 아무것이나 닥치는 대로 읽다가 또 다른 것으로 바꿔 읽는 방법, 이것이야말로 누구나 할 수 있는 독서를 즐기는 가장 쉬운 방법이다.

읽는 것만이 독서라 하여 읽고 싶지도 않은 책을 읽을 것은 아니다. 그래야 할 가치가 있는 책이면 고심하면서도 읽어야 하겠지만, 그렇지 않을 바에야 읽어서 즐거움을 얻을 수 있는 책을 읽어야 한다는 말이다.

셋째, 책을 읽겠다는 의욕이 왕성하고 읽어야 할 책이 많을 때는 당연히 다독의 방법을 취할 것이다. 그리고 장차 어떤 직업에 종사하고, 또 어떤 방면의 책을 더 많이 읽든지간

---

28) E. Gibbon(1737~1794) 영국의 역사학자. 옥스퍼드대학에서 수업하다가 로잔에서 공부를 마치고 귀국했다. 그 후 다시 프랑스, 이탈리아 등지를 여행하다가 유명한《로마제국 흥망사》의 저술을 결심하고 마침내 이미 고전적 명의로 되어버린《로마제국 흥망사》전 6권을 완성하였다.

에 일반 교육의 튼튼한 기초가 있어야 할 것인데, 교양을 위한 독서는 대개가 다독에서 얻는 것이 보통이다. 그러나 다독은 해로운 독서 방법이라는 말이 많다. 이것은 특히 젊은 층에게 해로운 방법이라는 견해가 많다. 확실히 다독은 산만하기 쉽고, 통일성을 잃기가 쉽기 때문이다. 그러나 어려서부터 일정한 독서 계획을 세우고 그 책만을 열심히 읽는다고 해도 한정된 시간과 제약된 환경 속에서 얼마나 읽혀질 것인가는 다분히 의심스러운 일이다. 그보다는 젊었을 때 지나치게 나쁘지 않은 책이라면 될 수 있는 대로 여러 방면의 책을 다독해 두는 것이 좋다. 그 뒤에 감명깊었던 책을 다시 정독한다면 그보다 더 좋은 방법이 없을 것이다. 정독은 다독이 널리 여러 가지를 이것저것 읽는 방법에 비하여, 책 한 권 한 권을 정성스럽게 읽는 것을 말한다. 어떤 사실에 대한 이해를 돕기 위해서는 무엇이나 한 가지를 깊이 파고들어가는 것이 좋을 것이다.

그러나 책을 읽을 때 정독이나 다독은 그다지 상반되는 방법이라고 할 수는 없다. 그것은 다독하는 가운데 정독이 있을 수 있고, 또 다독도 하고 정독도 하는 것이 필요하기 때문이다. 누구나 다독주의를 거치지 않은 사람이 별로 없을 것이다. 예를 들어 선(善)이라는 문제를 알기 위해서 처음부터 철학 서적을 읽는 것보다는 이것을 알 수 있는 여러 가지 책들, 즉 역사학 · 심리학 · 사회학 · 종교학 혹은 문학 같은 비교적 이해하기 쉬운 여러 가지 책들을 읽고 이해하는 편이 훨씬 좋은 방법이기 때문이다.

2. 독서의 요점

앞에서 말한 것은 우리가 흔히 알고 있는 상식적인 이야기에 지나지 않는다. 그러나 독서의 기술이란 그러한 다독이니 난독(難讀)이니 하는 따위로만 생각해버릴 수 없는 많은 기술적인 문제가 있다는 것을 알아두어야 할 것이다. 독서 기술의 요점을 프랑스의 작가 앙드레 말로[29]는 다음과 같이 다섯 가지로 열거했다.

첫째, 많은 저자를 표면적으로 알기보다는 몇몇 저자와 그 주제를 완전히 알도록 힘쓸 것.

다시 말하면 젊었을 때 여러 가지 책 가운데서 참으로 자기의 좋은 벗이 될 만한 저서를 찾아서 그것을 철저히 읽어야 한다.

둘째, 고전을 주로 읽을 것.

물론 오늘날의 작품에 대하여 흥미를 가져야 하고, 현대의 저작에서 우리들의 절실한 요구를 채울 수 있는 것도 사실이다. 그러나 오랜 세월을 거치는 동안 많은 사람들의 칭찬을

---

29) A. Malraux(1901~1976) 프랑스의 소설가 · 평론가. 파리에서 출생하여 동양어학교에서 수학하고 23세 때 고고학 연구를 위해 인도에 가서 많은 조상(彫像)을 발견했다. 귀국 후에도 파리와 사이공을 왕래하다가 중국에 건너가 국민당에 참가하여 광동혁명(廣東革命) 때 중요한 역할을 하였다. 이때의 경험을 무대로 해서 쓴 것이 《정복자》이고, 인도차이나 탐험을 주제로 해서 쓴 것이 《왕도》이며, 상해혁명에서 취재한 작품이 《인간의 조건》이라고 한다. 그는 행동주의 문학자로 알려진 바 1936년 스페인 내란이 일어나자 인민 전선에 가담하여 좌익적 태도를 보이더니 2차 대전 때는 드골 정부의 정보장관이 되어 반공적 태도로 변했다.

받아온 책은 틀림이 없다. 한 세대는 잘못 보아도 인류는 결코 잘못 보지 않는다. 고전은 낡은 것이면서 항상 새로운 것이라고 말할 수 있다.

셋째, 자기에게 도움이 될 책을 선택할 것.

내가 좋아하는 것이라도 남은 좋아하지 않는 것과도 같이, 남이 좋아하는 것이라도 내게 알맞은 것이 아니면 읽지 말아야 한다.

넷째, 마음을 가다듬고 독서를 할 수 있는 엄숙한 분위기 조성.

아무렇게나 되는대로 책장을 넘겨 여기저기를 읽는다거나, 도중에 집어 던진다거나 하는 것은 올바른 독서가 아니다. 장엄한 연주를 듣거나, 엄숙한 의식에 참례하는 것과 같은 마음으로 책을 읽어야 한다.

다섯째, 훌륭한 책을 읽을 때는 책을 읽는 사람도 훌륭한 마음을 가질 것.

우리가 책 속에서 찾아내는 보물은 내 것이 된다. 왜냐하면 그 책 속에 있는 감정은 결국 그 감정을 경험한 사람에게 가장 흥미로울 것이기 때문이다.

여기서 말로의 다섯 가지 요점을 자세히 검토해 보겠다.

첫번째 요점은 일찍이 톨스토이[30]도 다음과 같이 설파했다.

---

30) Tolstoi(1828~1910) 러시아의 시인 · 극작가 · 소설가 · 귀족 출신으로 한때 관리가 되었다가 문학에 뜻을 두고 공상적인 작품 〈흡혈귀〉를 발표하여 그 재능을 인정받았다. 그는 일찍부터 쇼펜하우어와 루소의 영향을 받고 있었다. 1853년 크림 전쟁에 종군하고 돌아와서 그 경험을 소재로 쓴 유명한 《전쟁과 평화》를 필두로 《안나 카레니나》, 《부활》 등을 발표하여 세계적인 명성을 떨쳤다. 1880년경을 전환기로 해서 의혹

"도서관이란 독자를 가르치는 것보다 그들의 머리를 도리어 산만하게 하는 것이다. 덮어놓고 많은 책을 읽는 것보다 소수의 좋은 저자의 책을 읽는 편이 훨씬 유익하다."

그러나 여기서 생각해야 할 것은 독서의 목적이다.

독서의 목적은 앞에서 여러 가지로 살폈거니와, 어떻게 보면 한마디로 요약해서 자기가 이상으로 생각하는 인간상을 확립하는 데 있다고 말할 수 있을 것인데, 그러한 사람을 찾아낸다는 것은 결코 쉬운 일이 아니다. 역설 같지만 그러한 사람 혹은 저작을 찾아내기 위해서는 여러 사람, 혹은 저작을 알지 않으면 안 된다. 그러므로 첫번째 요점은 상당한 독서의 수련과 경력이 있고서야 실행할 수 있는 것이라고 말할 수 있다. 오랫동안 여러 가지를 읽노라면 필연적으로 고전을 찾지 않을 수 없는데, 여기서 자연스레 둘째 요점인 고전의 문제가 나온다.

우리들의 상식으로 고전이라면 옛것이라고 간단하게 생각해버리기가 쉽다. 사실 고전이라는 말을 큰 사전에서 찾아보면 옛날의 의식(儀式) 또는 법식(法式)이라는 말이 앞에 나오고, 다음에 옛날의 기록 또는 서적이라고 적혀 있다.

확실히 고전이란 문자 그대로 해석한다면 고(古)는 '고야(古也)'라 했고, 전(典)은 '오제지서야(五帝之書也)', '전대

적인 인생 문제를 해결하고자 힘썼으며, 그 열쇠를 그리스도의 복음에서 찾으려고 기독교의 신앙을 부르짖었다. 그 후 자기의 이상을 실현하려고 재산과 지위를 버리고 농민이 되어 무저항주의로 그 실현을 꾀했다. 특히 그의 《참회록》이나 《인생독본》은 오늘날에도 많은 사람들의 생활 지침서가 되고 있다.

책야(典大冊也)'라 했으니, 비단 옛날의 책이라는 뜻뿐만이 아니고 하나의 규범이라고 할 수 있는 책이라는 뜻도 있음을 알 것이다. 그러나 현대의 우리가 생각하는 고전이라는 말은 한자에서 어원을 찾기보다는 서구의 클래식(Classic)에서 더 많이 인용된다.

고전을 문학 사전에서 찾았더니 고대 로마에서 시민의 계급을 여섯으로 나눈 최상급을 뜻한 것인데, 변해서 특히 예술상의 걸작으로 오랜 세기 동안 많은 사람들로부터 엄밀한 비판을 받아 그 가치가 확정되고, 따라서 영원한 모범이 되기에 타당한 것을 말한다고 기록되어 있다. 이상을 종합하면 고전이라는 말은 다음의 세 가지로 요약할 수 있다.

하나, 고대의 일류작

둘, 각 시대의 최고의 작품

셋, 중국 고대 성현의 책

여기서 제2의 해석, 다시 말하면 고전은 반드시 고대의 책이 아니라는 데 특히 주목해야 할 것이다.

책이 나왔다고 알려지자마자 곧 세상에서 잊혀지는 책이 많은 가운데, 시간이 경과하고 시대가 바뀌어도 그 책의 가치를 잃지 않고 오히려 더욱 새로운 빛을 발하는, 지금 새로이 씌어진 책 가운데서도 고전으로 길이 남을 책이 얼마든지 있겠지만, 현대를 기점으로 해서 시대를 초월할 수 있는 긴 생명 그리고 가혹한 시련과 평가를 능히 이기고 그 가치를 인정받는 책이 참된 고전인 것이다. 본인의 졸저《양서의 세계》에서는 양서(良書)의 기준에 대하여 다음과 같이 씌어 있다.

셋째 요점은 이 책의 제2장 〈독서와 양서〉에 인용한 콜리어의 말을 상기할 수 있다. 콜리어는 양서를 한마디로 말해서 책의 내용으로 보아 어떤 사람에게 있어서나 그 사람이 가장 필요로 하는 책, 다시 말하면 적서(適書)이어야 한다고 말했거니와, 양서를 선택해야 할 이유가 바로 여기에 있다. 그러나 어떤 것이 양서이며, 어떤 것이 악서인가에 대하여서는 한마디로 말할 수 없는 여러 가지 어려운 문제가 있다. 그것은 읽는 사람의 태도나 그것을 받아들이는 사람의 환경에 따라서 다를 뿐만 아니라 경우에 따라서는 전혀 반대 결과를 나타내는 수가 있다. 이것은 인체에 해로운 아편도 병세에 따라서는 양약이 되는 것과 같이, 악서라도 이것을 읽는 사람의 처지와 형편에 따라서는 유익함을 주는 수가 있기 때문이다. 이렇게 생각하고 보면 양서니 악서니 하는 것도 결코 책을 선택하는 절대적인 기준이 된다고 할 수가 없다. 다시 말하면 책을 읽는 사람의 상대적인 입장에서만 양서라고 할 수 있기 때문에, 양서라 함은 적서이어야 한다는 콜리어의 견해가 가장 옳은 것이 된다.

넷째 요점은 이미 앞에서 본 난독을 옳지 못한 독서법이라고 단정하고, 독서를 하는 데는 반드시 책 속의 사상이 그대로 머리에 들어갈 수 있도록 좋은 분위기를 만들어 놓아야 한다고 했다. 확실히 난독은 좋은 방법이 아니다. 다만 필요에 따라서 그렇게 읽는 방법이 효과적이라는 것뿐이다. 그리고 독서의 분위기 문제는, 누군가 시를 읊을 때는 그 시의 작자의 고통을 회상하면서 읊어야 참으로 그 시를 이해할 수 있다고 했듯이, 독서에 있어서도 이 말과 같은 생각을 할 수 있을 것이다. 이러한 분위기 속에서 정성을 들여서 책을 읽는다면 자연히 다섯째 요점의 경지에 도달할 것이고, 따라서 훌륭한 독서술이라 아니할 수 없다.

이 다섯째 요점에 대하여서는 에이버리라는 사람도 "수동적인 독서법은 효과가 없고, 오직 읽는 것을 눈앞에 그려보도록 해야 한다"고 했으며, 또한 로크도 이와 비슷한 말로 "독서는 읽는 사람 자신이 그 내용을 소화하는 데 힘써야 한다"고 말했다.

책을 읽을 경우 그 뜻을 완전히 파악해가면서 읽는 동시에, 나중에라도 속히 그 책에 대한 이해가 가도록 하는 방법으로는 그 책의 요점이나 감상을 기록해 두는 것이 좋다. 이렇게 해 두면 나중에 그 책을 다시 읽어야 한다거나, 혹은 그 책에서 인용할 구절이 있을 때 힘들이지 않고 그 목적을 달성할 수 있다. 우리가 잘 아는 유명한 철학자 헤겔[31]이나, 유명한 사상가 몽테뉴[32]와 같은 사람들은 모두 독서할 때 반드

---

31) Hegel(1770~1831) 독일 고전철학의 형성자. 어려서는 기독교 정신의 분위기 속에서 자라나서 튀빙겐 대학의 신학과에 입학하여 신학과 철학을 공부했다. 그 후에 하이델베르크 공과대학 교수를 거쳐서 유명한 피히테의 뒤를 이어 베를린 대학의 철학 교수가 되었다가 콜레라로 사망하였다. 그는 소위 헤겔 철학을 완성하였다. 이것은 아리스토텔레스 이후 제일 광범한 철학적 체계를 형성한 것이다. 그는 정신의 발전 단계를 주관적 정신, 객관적 정신, 절대적 정신의 3단계로 나누어 각 정신을 대상으로 하는 학문을 심리학, 법학, 철학이라 했다.
32) Montaigne(1533~1592) 프랑스의 사상가 · 수필가 · 일찍부터 라틴어와 그리스 문학을 공부한 다음 다시 법률을 연구하여 법관이 되었다. 그러나 얼마 되지 않아 집필 생활로 돌아서고 말았다. 오늘날 수필(Essay)이 영문학에서 꽃을 피운 것은 사실인데, 그 시초는 몽테뉴라고 한다. 그는 자기의 《수상록》을 처음으로 'Essais' 라고 불렀다.

시 메모를 잊지 않았다고 하는데, 그 노트가 나중에 훌륭히 활용될 수 있다는 증거로는 다음에 소개하는 프란시스 베이컨[33]의 독서의 기술을 따르면 될 것이다.

반대하거나 논박(論駁)하기 위해서 독서하지 말라. 그렇다고 무조건 의뢰하거나 그대로 받아들이기 위해서, 또는 이야기나 의론의 논거를 삼기 위해서 독서해도 안 된다. 다만 사색하고 고찰하기 위해서 독서하라. 책을 읽되, 어떤 책에서는 그 일부분만을 읽고, 어떤 책은 통독하되 그 뜻을 전부 이해하지 않아도 좋으며 그리고 어떤 책은 빠짐없이 읽을 것은 물론 그 뜻도 완전히 이해할 수 있도록 주의하여 읽을 일이다. 어떤 책은 남에게 대신 읽혀도 좋고, 남이 읽고 노트해 놓은 것을 훑어보아도 좋다. 그러나 중요한 것은 그런 책을 알아차리는 일이다.

그러므로 양서의 기술로는 우선 다독 · 정독을 언급했고, 여기에서는 다시 독서의 요점을 말했으며, 이어서 프란시스 베이컨의 말을 들어 독서의 기술을 재확인한 것이다.

---

33) Bacon(1561~1626) 영국의 철학자. 근대 철학의 원조라고 칭한다. 그는 캠브리지대학 재학 중에 벌써 아리스토텔레스 철학에 불만을 품고 새로운 학설을 연구하기 시작하였다고 한다. 그는 프랑스에서 법률을 공부하여 오랫동안 관계(官界)에 봉직하였으나. 뇌물을 받았다는 혐의를 받자 관계에서 물러나와 연구 및 저술에 전력하였다. 그는 인간 생활의 여러 면을 남다른 눈으로 관찰하고 유익한 경구를 많이 발표하였다. 그 중에서 한 예를 들면 다음과 같다 "역사는 인간을 현명케 하고, 시는 약삭빠른 인간을 만들며, 수학은 인간을 고상하게 하고, 자연과학은 인간을 깊게 한다. 도덕은 인간을 엄준하게 하고, 윤리학과 수사학은 인간을 말썽꾸러기로 만든다."

3. 독서의 속도

  책을 읽는 속도에 대해서는 책을 읽는 사람마다 다르다. 교육 과정·숙련도·기민한 동작·정신적 반응의 속도·환경 등에 따라 다를 수 있기 때문이다. 그러나 일반적으로 책을 많이 읽는 사람이면 제각기 자기의 독서력을 잘 알고 있을 것이다. 이것은 독서에 능한 사람이면 설사 독서를 하는 데 필요한 조건이 마련되어 있지 않다고 하더라도 그 능률이 어떠하리라는 것을 짐작할 수가 있다는 말이다. 확실히 독서를 하는 데 있어서 활자의 크기·인쇄의 선명 여부·조명의 강약은 중요한 영향을 미치는 것이다. 이에 대하여 정확히 어떤 외국 학자가 연구한 바에 의하면, 정상적인 시력을 가진 교양 있는 성인이 10분의1 촉광 아래서 독서할 때의 속도는 10촉광 아래서 하는 것보다 약 25퍼센트 감소된다고 한다. 독서의 시간과 조명도와의 관계를 조사한 통계에 따르면, 3촉광 아래서 70초가 필요한 것이 10촉광일 때는 48초, 그리고 50촉광일 때는 40초가 된다. 이와 같이 3촉광에서 10촉광까지는 소요 시간이 급격하게 감소되나, 10촉광에서 50촉광에 이르는 사이에서는 변화의 차가 완만하다가 50촉광을 넘으면 거의 변화가 없음을 알 것이다.

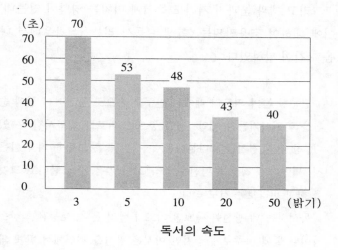

독서의 속도

다음에는 시력이 또한 문제인데 이에 대해서도 많은 연구가들의 연구한 바를 종합해 보면 대략 다음과 같은 도표로 표시할 수 있다.

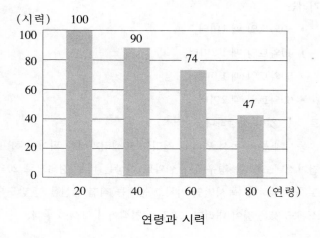

연령과 시력

그리고 책과 눈과의 거리도 독서에 미치는 영향이 있는데, 이에 대하여 조용만씨는 〈학생과 독서〉라는 글 가운데서 다음과 같이 말하였다.

　단순한 눈의 피로인 때에는 안구를 손으로 문질러서 혈액 순환을 촉진시키든지 세안, 점안 등으로 피로를 회복시킬 수 있다. 창 밖의 경치를 내다본다든지, 색깔 좋은 그림을 펴 본다든지, 벽에다가 청색 수평선을 죽죽 그어 놓은 것을 붙이고 그것을 한참 바라보는 것도 좋다.
　독서하는 데 광선이 나쁘면 피로가 빨리 온다. 보통은 책상을 창이나 뜰에 마주보게 놓지만 이것은 광선을 전면에서 받게 되므로 좋지 못하다. 좌편상방(佐便上方)으로부터 채광하는 것이 이상적인데, 그러잖으면 좌편 옆의 광선을 받는 것이 좋다.
　이것이 야간의 조명이면 특히 눈의 위생상 주의하여야 한다. 전구의 위치를 좌상방(佐上方)으로 하여야 하고 독서 면과 눈의 거리는
- 30와트일 때 1미터,
- 40와트일 때 1.2미터,
- 50와트일 때 1.9미터,
- 60와트일 때 2미터,
로 하는 것이 적당하다.
　동시에 눈과 독서 면과의 거리는 30센티미터쯤 되어야 하며, 전기스탠드를 쓸 경우에는 30와트 이상은 너무 강하므로 20와트가 적당하다. 독서면만 비치고 눈에는 직접 광선을 안 받도록 스탠드 갓을 깊이 내리며, 그 갓은 청색이나 암색이 좋다.

4. 문장의 형태와 독서 방법

독서의 기술로 문장의 이해와 읽는 속도가 중요하다. 독서의 속도는 활자의 크기라든가 내용의 난해 정도의 차이가 있기 때문에 서로 다르겠지만, 대체로 같은 것이면 빠른 것이 좋다. 이것은 독서 능력의 발달로 말미암아 능률적일 수 있지만, 일반적으로는 이미 말한 바와 같이 첫째로 읽는 재료에 따라 다르고, 둘째로 독서할 때 소리를 내지 않고 읽는 묵독 또는 소리는 내어 읽는 음독하는 차이로도 그렇고, 셋째로 읽는 사람의 태도에 따라서 다른 것이다.

읽는 재료란 다시 말하면 활자의 크기 · 활자의 종류 · 활자의 비례 관계 · 내용의 난해성 여하를 생각할 수 있다. 당연히 활자는 클수록 읽기에 편할 것이다. 활자의 종류는 여기서 우선 한글과 한자(漢字)를 들어 설명하자면, 한자를 배운 사람이면 한자가 들어 있는 문장이 읽기 쉽고, 한글을 전용한 문장은 얼른 알아차릴 수가 없는 것이 사실이다. 이것은 한자는 표의 문자[34]이기 때문에 글자 하나만을 보아도 그 뜻을 알아차릴 수가 있으나, 한글은 표음 문자[35]이기 때문에 짧게나마 문장 하나를 모두 읽지 않고서는 그 뜻을 알기가 어려울 뿐만 아니라 불가능한 것이 많기 때문이다. 그리고

---

34) 그림이나 사물이 형상을 나타내서 시각적으로 그 뜻을 알아차릴 수 있게 한 문자로서, 보통 상형 문자와 회의 문자의 두 가지가 있다. 그 대표적인 것이 한자이다.

35) 사람 말하는 소리[音]를 그대로 기호로 나타내는 문자로서 한글, 로마자, 일본의 가나 같은 것을 말한다.

활자의 배열도 시각적으로 잘 고려된 것, 다음에 예를 든 바와 같이 띄어쓰기나 구두점 등이 바르게 된 것과 그렇지 않은 것은 읽기에 상당한 차이를 초래한다. 또한 내용의 표현이 쉽게 된 것과 어렵게 된 것, 아울러 그 내용이 얼른 이해할 수 있는 것이냐 아니냐에 따라서 상당한 차이가 있을 것임은 물론이다.

활자 크기의 예

남을 설득하는 힘, 풍부한 심상, 사물을 비교하는 재능, 용감성, 짧고 고아하면서 알기 쉬운 문장, 그리고 기지, 남을 놀라게 하는 대조의 묘, 간단하면서 요령 있는 말 쓰기, 이러한 문장가의 특징 가운데 그러한 특징을 갖춘 문인의 작품을 읽음으로써 우리는 그저 내 것을 만드는 것은 아니다. 그러나 우리들은 그런 성질과 소질을 발휘할 수 있는 잠재적인 가능성만이 있다면 그런 작품을 읽음으로써 그것을 마음속에 불러일으켜서 의식할 수가 있다.

— 쇼펜하우어의 《독서론》 중에서

남을 설득하는 힘, 풍부한 심상, 사물을 비교하는 재능, 용감성, 짧고 고아하면서 알기 쉬운 문장, 그리고 기지, 남을 놀라게 하는 대조의 묘, 간단하면서 요령 있는 말 쓰기, 이러한 문장가의 특징 가운데 그러한 특징을 갖춘 문인의 작품을 읽음으로써 우리는 그저 내 것을 만드는 것은 아니다. 그러나 우리들은 그런 성질과 소질을 발휘할 수 있는 잠재적인 가능성만이 있다면 그런 작품을 읽음으로써 그것을 마음속에 불러일으켜서 의식할 수가 있다.

　　　　　　　　　　—쇼펜하우어의《독서론》중에서

　남을 설득하는 힘, 풍부한 심상(心象), 사물을 비교하는 재
능, 용감성, 짧고 고아(高雅)하면서 알기 쉬운 문장, 그리고 기
지(機智), 남을 놀라게 하는 대조의 묘(妙), 간단하면서 요령 있
는 말 쓰기, 이러한 문장가의 특징 가운데 그러한 특징을 갖춘
문인의 작품을 읽음으로써 우리는 그저 내 것을 만드는 것은 아
니다. 그러나 우리들은 그런 성질과 소질을 발휘할 수 있는 잠
재적인 가능성만이 있다면 그런 작품을 읽음으로써 그것을 마
음속에 불러일으켜서 의식할 수가 있다.

　　　　　　　—쇼펜하우어의《독서론(讀書論)》중에서

이 세 가지는 같은 내용의 글이지만 처음보다 두 번째가
읽기 쉽고, 두 번째보다 세 번째의 글이 더욱 읽기 쉬운 것이
사실이라면, 분명히 독서하는 데 있어서 같은 내용의 책이면
무엇보다 읽기 쉽도록 고려된 책을 읽는 것이 독서의 능률을
올리게 되는 것이다.
　같은 문장이라 할지라도 소리를 내어 읽는 음독과 소리를
내지 않고 읽는 묵독은 속도가 매우 다르다. 이유는 명백하
고도 간단하다. 묵독은 시각을 동원할 뿐이나, 음독은 발음
기관과 함께 청각을 동원하지 않으면 안 되기 때문이다. 특
히 발음의 조화를 위한 노력과 시간을 무시할 수가 없다. 이
에 대한 그레이(Gray)의 조사 보고에 따르면 일반적으로 묵
독이 빠르다고 하는데, 초등학교 3학년까지는 음독이 오히

려 빠르고, 4학년 이상이 되어야 묵독이 빠르다는 것이다.

그레이는 음독과 묵독에 있어서 1분간의 독어 수(讀語數) 조사를 위와 같이 발표했다.

구분 \ 학교 학년	초 등 학 교						중 학 교			대학교
	1	2	3	4	5	6	1	2	3	
음 독	60	111	147	189	210	228	234	234	246	241
묵 독	—	87	138	207	231	252	240	255	253	270

1분간의 독어수

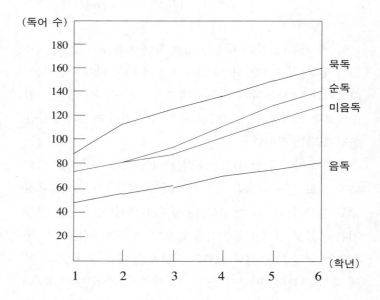

독서하는 방법을 흔히 난독이니 다독이니 정독이니 한다. 물론 책을 읽음에 있어서 되는대로 훌훌 읽어버리는 방법도 있을 수 있고, 이것저것 닥치는 대로 많이 읽음을 위주로 하는 방법도 있을 수 있으며, 또한 그와 반대로 한 책을 정성스럽게 차근차근히 읽는 방법도 있다는 것은 이미 앞에서 말한 바 있다. 그러나 이것은 모두 책을 주(主)로 하고 사람을 종(從)으로 하는 말이 된다. 왜냐하면 많으니 적으니 하는 것은 책의 분량을 표현하는 말이기 때문이다.

사람을 위주로 하는 독서의 표현으로는 다음과 같은 옛글이 있다. "餘讀書有三到 心到眼到口到 三到之中 心到最急."[36]

이 글은 이어서 다송(多誦)이면 구원불망(久遠不忘)이요, 숙독(熟讀)이면 자효기의(自曉其義)일 뿐 아니라 심도기의(心到旣矣)면 안구기부도호(眼口豈不到乎)라 했거니와, 이 말을 빌어 독서하는 태도를 구독(口讀)·안독(眼讀)·심독(心讀)으로 생각할 수 있을 것이다.

구독은 입으로 소리 내어서 읽는다는 말이니 음독과 같은 말이요, 안독은 소리를 내지 않고 읽는다는 묵독과 같은 말이다. 또 심독은 '心到旣矣면 眼口豈不到乎'라는, 다시 말하면 마음이 가 있는 곳에는 반드시 눈이나 입이 함께 간다는 의미이다.

이로써 독서의 기술을 대략 말했는데, 어떻게 하면 노력을 아끼고 보다 많은 효과를 올릴 수 있을까 하는 데 대하여 제각기 자기에게 알맞게 연구해 나가야 할 것이라고 믿는다.

---

36) '삼도(三到)'는 독서할 때 세 가지 주도(周到)할 것을 말한다.

이것이 곧 독서력을 기르는 것이 된다. 독서력의 개선·훈련을 부단히 하고, 자기의 독서 방법이 어떠한 결함이 없는가를 분석하여 바로잡아야 할 것이다. 대체로 독서의 능률이라고 하는 것은 전술한 바와 같이 읽는 속도와 이해의 도라고 할 것인데, 이 양자가 모두 독서 재료와 독서하는 사람의 독서 습관이나 심리적 상태 여하에 달려 있는 것이다.

이러한 모든 조건을 잘 연마하고 조절해서 효과를 올리는 것이 다름 아닌 독서의 기술이라 할 것이다.

제7장 독서의 습관

사람은 음식물로 체력을 발육케 하고, 독서로 정신력을 배양
하게 한다.　　　　　　　　　　　　　　— 쇼펜하우어

　흔히 우리는 독서는 하고 싶어도 시간이 없다고들 한다.
물론 누구라도 독서를 위해서 하느님으로부터 특별한 시간
을 더 받은 사람은 없다. 독서는 시간이 문제가 아니라 의욕
이 문제다. 그렇다고 독서하는 데 시간이 필요치 않다는 말
은 아니다. 다만 독서할 의욕만 있다고 하면 독서할 시간쯤
은 얼마든지 일상 생활 가운데서 발견할 수 있다는 말이다.
생각해 보라, 하루 24시간 중에서 20분이나 30분 독서하는
시간으로 짜낼 수 없을 것인가. 어떤 사람은 하루 2, 30분씩
독서를 한다고 해서 별것이 있겠는가라고 할지도 모른다. 그
러나 매일 15분씩 독서하면 1년에 20권은 읽을 수가 있다.
독서하는 것이 인생의 행복을 증대시키는 일이라고 한다면,
우리는 독서를 게을리하는 것이 곧 우리의 보다 나은 생활을
포기하는 것이 아니고 무엇이겠는가. 우리는 뜻있는 생활,
보람 있는 삶을 영위하기 위해서도 책을 읽지 않을 수 없는

데, 이와 같이 책을 읽는 것을 제2의 천성과도 같이 만들어
야 할 것이다. 이렇게 책 읽는 것을 제2의 천성이라고 알고
있던 위인이 많고, 또 아직도 그런 생각을 하고 있는 사람이
많다. 세계적 위인이라고 할 수 있는 처칠[37]도 그렇고, 맥아
더 장군[38]도 포탄이 비오듯 하는 가운데서도 독서하는 습관
을 버리지 않았다는 것은 너무나 생생하고도 유명한 이야기
이다. 이런 사람들과 비교해 본다면 우리는 독서할 시간이
너무 많아서, 진정 어떤 시간에 무슨 책을 읽어야 좋을지를

---

37) Churchill(1874~1965) : 영국의 정치가. 일찍이 육군사관학교를 졸업하
고 군인이 되어 종군하였다. 그때부터 종군기를 썼고, 포탄이 비 오듯
하는 가운데서도 독서를 게을리한 날이 없다고 한다. 그는 다방면에 재
간이 있는데 웅변가요, 화가요, 정치가요, 군략가요, 문필가이기도 하다.
그가 정치가라는 것은 장관과 의회 의원은 물론 영국의 수상을 지낸 바
있고, 문필가라는 것은 길게 설명할 것도 없이 노벨 문학상을 받았다는
사실이며, 그가 웅변가라는 것은 그의 연설은 영어와 더불어 영원한 것
이라는 평자의 말이 있다. 그는 《사상과 모험》이라는 수필집 가운데서
다음과 같이 자신을 말하였다. "나는 이제까지 정치의 영역에서는 대체
로 내멋대로 행동하였다. 때로는 무엇을 행하려고 일단 결심하면서도
숙려(熟慮) · 태만 · 타인의 충고 때문에 중지한 적도 있으나 뒷맛은 꺼
림칙하였다.…… 소년 시절부터 보수당의 분위기 속에서 성장하여 친
구와 친척의 거의 모두가 보수당원들로서 내가 당과 결별한다는 것은
비극이 아닐 수 없었다. 그럼에도 불구하고 나로 하여금 이것을 감행하
게 한 것은 강렬한 정열이었으며, 그리고 또한 청년의 특권 · 긍지 · 무
모한 대담성이었다."

38) MacArthur(1880~1964) : 미국의 전략가. 제 1차대전 때 참모 장교로 종
군하여 육군사관학교장, 육군참모총장을 역임한 바 있고, 2차대전 당시
원수로 승진되었으며, 일본 공격을 총지휘하여 일본 패전 후 일본 점령
군 사령관이 되었다. 한국동란 때 적극적인 원조를 아끼지 않았고, 특히
인천 상륙작전을 지휘하였다. 그뿐 아니라 중공 개입에 임해서 그는 만
주 폭격을 주장했으나, 당시 트루먼 정부는 그를 해직시켰다. 그리고 그
가 본국에 돌아가서 의회에서 "노병은 죽지 않았다"고 한 연설은 유명
하다.

몰라서 못하는 것이라고밖에 생각할 수 없다. 우리는 무엇보다 독서하는 습관을 기를 필요가 있다. 조그만 틈이 있으면 무슨 책이든 읽어야 하는 습성 말이다. 가령 긴 시간을 들여서 독서할 수 없는 때에는 간단한 책을 읽을 수 있는 것이다. 늘 독서하는 습관이 있는 사람이면 언제나 몸에서 책이 떨어지는 일이 없다. 10분이나 15분 동안의 틈밖에 없다는 것을 알 때는 조그만 문고판³⁹⁾ 책이라도 들고 나가서 차를 기다릴 때, 차를 탔을 때, 또는 쉬는 시간을 이용해서 책을 읽는 버릇을 길러 보라. 이것이 쌓이고 쌓이면 몇 날을 두고 읽는 분량과 다름없을 것이며, 더 나아가서는 몇 해를 두고 특별히 시간을 내어 읽는 분량과 맞먹을 것이다. 어느 나라건 대체로 책을 많이 읽는 연령층은 20세 전후라고 한다. 그런데 우리 나라의 예를 보면 10대는 그리 활발하지 못하다고 하는 것이 그 방면의 전문가들의 일치된 견해로 되어 있다. 이러한 현상은 우리 나라 장래를 위해서 근심스러운 일이다. 텔레비전·인터넷과 같은 뉴미디어가 많이 보급되어 있어서 청소년들이 책을 많이 읽지 않고 있고, 외국의 청소년 독서 경향에 따르면 그들의 46퍼센트인 거의 과반수가 학업에 관계가 없는 책을 1년 동안에 10권 이상씩 읽고 있다고 한다.⁴⁰⁾

---

39) 영어로는 'Library' 이다. 원래의 뜻은 서고였으나 바뀌어 도서관으로 쓰이는데, 지금에 와서는 총서(叢書) 또는 전집, 기타 동종 내지 특수한 집서(集書)에 대하여 문고라는 이름을 쓰는 예가 많다. 영국에서는 'Every—man Library', 일본의 '암파(岩波)문고', 우리 나라에서의 '범우 문고' 등이 그것이다. 그리고 다수의 도서를 수집해 놓고 그 책의 소유자의 이름을 붙여 도서관에 별도로 보존하는 예도 많다. 이 문고판은 보통 보급판이라고 하는데, 이것은 다시 말하면 값을 싸게 하여 많은 사람들이 읽을 수 있게 하는 데 목적이 있다.

책은 젊었을 때 읽는 것이 능률적이며 일생의 중요한 계기를 만들어 준다는 점을 들어서 특히 책 읽기를 권하고 있다. 그러나 독서를 젊은 한때의 열정으로만 돌리려는 것은 잘못이고, 평생토록 계속해야 하는 것으로 알아야 한다. 그것은 젊었을 때는 젊었을 때의 독서가 있고, 늙었을 때는 늙었을 때의 독서가 있기 때문이다. 학생은 물론 학업에 보탬이 되는 책을 되도록 많이 읽는 것이 좋지만, 일반 직업인은 자기의 직무에 충실할 수 있는 지식을 얻기 위해서 불가피하게 또 책을 읽어야 함은 이미 말한 바와 같다. 그 밖에 우리들의 생활을 윤택하게 하기 위한 책, 이것이야말로 독서의 의의라고 할 수 있다. 이를 위해서 계획적으로 많은 책을 읽는 습관이 되어야 한다. 이렇게 독서하는 것이 하나의 습관이 되도록 책과 가까이하기 위해서 책을 읽는다는 것에 재미를 붙일 수 있어야 할 것이다. 혹 다른 사람이 볼 때 아무런 가치도 없을 것이라고 생각하는 책이더라도 책을 읽는 사람이 스스로 재미있게 읽을 수 있다면 충분한 것이다. 더욱이 아직 독서하는 습관이 되어 있지 못한 사람이면 그럴수록 재미있는 책이 아니면 안 된다. 누구나 처음부터 독서의 습관이 붙은 사람은 없을 것이고, 어떤 기간은 고된 노동을 하는 것과 같은 인내를 겪어야 할 줄로 알지만, 아무튼 독서의 습관을 기르는

---

40) 미국에서 10대의 독서 조사를 한 바에 의하면 그들의 46퍼센트가 학업과 관계가 없는 책을 연간 10권 이상 읽고 있다 한다. 책의 종류를 들어 보면 모험이 32퍼센트, 연애가 22퍼센트, 운동이 18퍼센트, 스릴이 16퍼센트, 과학 소설이 9퍼센트라는 순위가 된다.(《A monthly review of American Books》, 52)

수련의 방법으로서는 독서의 즐거움을 맛볼 수 있는 경지에 이르러야 할 것인데, 그러자면 재미있는 것을 읽어야 한다는 말이다. 독서의 습관을 기르는 방법으로서 서머셋 몸[41]도 독서의 즐거움을 깨달아야 한다고 다음과 같이 말했다.

누구나 즐거움을 부도덕한 것으로만 생각해선 안 된다. 즐거움도 그 자체는 크나큰 선(善)이다. 모든 즐거움이 그렇다는 것이다. 다만 사려 깊은 사람은 그로 말미암아 결과를 생각해서 어떤 형태의 즐거움을 피하려 한다. 그러나 즐거움은 모두 추하고 관능적이라고는 할 수 없다. 지적인 즐거움만큼 오래 가고 만족스러우며 즐거운 것이 또 없다는 사실을 깨닫는 사람은 참으로 지혜 있는 사람이라고 할 것이다. 독서의 습관을 지니는 것이 좋다. 인생을 살찌게 하고, 그리고 또 우리들의 만족을 채울 수 있는 스포츠가 있겠지만 독서를 빼놓고는 그리 많지 못하다. 대체로 우리가 지금 알고 있는 두세 가지의 혼자 할 수 있는 게임을 제외하고 독서와 같이 상대가 없이 즐거움을 맛볼 수 있는 것이라고는 없다. 독서는 언제나 마음이 내키면 하고, 다른

---

41) Maugham(1874~1965) 영국의 소설가, 극작가. 파리에서 출생하여 어려서 부모를 잃고, 독일 하이델베르크대학을 거쳐 런던에서 의학을 공부하였다. 2차대전 때에는 정보기관에 근무했는데, 그때의 체험을 더듬어서 많은 작품을 발표하였다. 그의 대표적인 소설로는 《인간의 굴레》가 있다. 그의 〈선데이 이브닝 포스트〉에 발표한 〈Book and You〉는 독서에 대하여 많은 유익한 교시를 하고 있다. 그는 세계 문학에서 대표적인 것으로 다음 10편을 들고 있다. 발자크의 《고리오 영감》, 휘일링스의 《톰 존스》, 디킨스의 《데이빗 카퍼필드》, 톨스토이의 《전쟁과 평화》, 멜빌의 《백경》, 에밀리 브론테의 《폭풍의 언덕》, 스탕달의 《적과 흑》, 도스토예프스키의 《카라마조프의 형제》, 플로베르의 《보바리부인》, 오스틴의 《오만과 편견》.

일이 생기면 그만둘 수도 있다. 어떤 사람에게는 바느질하는 일이 그럴지도 모른다. 그러나 바느질이란 손끝만 놀리고 정신에까지 미치지를 못한다. 도서관을 마음대로 이용할 수 있고, 값싸게 파는 책은 얼마든지 손쉽게 살 수 있는 오늘날과 같은 시대에, 독서만큼 수월하게 즐길 수 있는 오락은 또 없다. 독서의 습관을 몸에 지니는 것은 인생의 거의 모든 불행 가운데서 구원을 받는 피난처가 된다.

여기서 그는 모든이라고 했거니와, 그것은 책을 읽으면 배고픔이나 괴로움을 모른다거나, 실연의 슬픔을 잊을 수 있다거나 하는 것까지를 말하려는 것이 아니다. 다만 읽고 싶은 탐정 소설 몇 권만 있으면 웬만한 따분한 일은 정신적으로 이겨낼 만한 것이라는 말이다. 그러나 만약에 싫증나는 따분한 책까지 읽으라고 한다면 독서를 위한 독서의 습관을 누가 몸에 지니려고 할 것인가.

앞에서 말한 바와 같이 독서의 습관을 몸에 지니기 위해서는 우선 가장 흥미 있는 것부터 재미를 붙여서 읽어 볼 일이다. 그런데 여기서 또 하나의 이유로 그렇게 하고 싶지만 시간이 없다고 할지 모르겠다. 시간은 하루에 15분이나 20분이라도 좋다고 했으니, 그만한 시간, 아니 그 이상의 시간이라고 하더라도 각자의 생활을 자세히 살펴보면 얼마든지 찾아낼 수 있다는 것을 새삼 강조한다. 그럼 구체적으로 어떻게 찾을 것인가. 무엇보다 하루의 생활을 규칙적으로 보낼 일이다. 우리가 하루를 규칙적으로만 살아간다면 반드시 얼마간의 여가를 찾아낼 수 있을 것이다. 그 여가를 이용해서 책을 읽을 일이다. 어떤 사람은 무슨 일을 하는데 소위 기분이라는 게 나야 한다고 말한다. 그러나 우리에게 이로우면 이로운 것일수록 의무적으로 해야 할 일이 많다. 독서도 그 중의 하나이기 때문에 시간이 있는 대로 의무적으로 독서하는 것이 습관화되면 많든 적든 간에 매일 독서할 수 있는 시간을 발견할 것이다. 이렇게 해서 항상 책을 읽지 않으면 무엇을 잃은 것 같은 마음의 허전함을 느끼게 되면 그 사람은 독서의 습관이 몸에 밴 사람이라고 할 수 있을 것이다. 습관은 제2의 천성이라는 말과도 같이 독서의 습관이 몸에 밴 사람은 하루하루 정신적인 성장이 눈에 띈다. 매일 일정한 시간을 정하고 규칙적으로 독서한다. 밤에 자기 전이나 아침에 집을 나서기 전에 얼마 동안씩 빠짐없이 그 시간에는 독서를 한다. 물론 책은 처음에는 어떤 종류의 책이라도 좋다. 무엇인가 읽지 않고서는 견딜 수 없는 습관이 몸에 밸 때까지 소설도 좋고, 야담도 좋다. 이렇게 해서 점점 독서에 흥미를 느끼게 되었을 때, 어떠한 목적을 설정하여 책 읽기를 시작하고, 더 나아가서는 독서하지 않고서는 견딜 수 없는 지경에까지 이르면 독서의 습관은 충분히 길러진 셈이다. 그러나 독서의 습관을 기르려고 일고(一考)의 가치조차 없는 책들만을 골라서 언제까지나 읽는다는 것도 생각할 문제다. 그러므로 책을 읽는 의의를 깨닫고 참된 지식을 위하며, 우리 생의 가치를 높여 줄 수 있는 독서 생활을 빨리 그리고 정확하게 궤도에 올려놓아야 한다.

제8장 독서의 윤리

독서와 황금을 함께 사랑할 수 없다.   – 리차드 베리

1. 저자의 사상과 의도의 이해

윤리[42]가 사람으로서 취해야 할 길을 가리키는 것이라면 독서에는 우리가 취해야 할 길, 즉 독서의 윤리가 있다. 책을 읽는 행위가 성립하려면 무엇보다도 우리 앞에 책이 놓여져야 할 것이다. 그보다 먼저 그 책을 쓴 저자가 있어야 하고, 그리고 책을 읽는 사람, 이렇게 세 가지 조건이 완비되어야 독서 행위가 성립된다. 그 가운데 책을 쓴 저자에 대하여서 독서하는 사람으로서 깊이 생각해야 할 여러 가지 문제가 있는 것이다.

폴 부르제(Paul Bourget)의 소설 《제자》를 나는 몇 해 전에

---

42) 'Ethics'는 원래 한 사회의 풍속·관습의 뜻을 가졌으나, 지금은 쉽게 말해서 사람으로서 지켜야 할 규범이라는 뜻이 된다. 그리고 윤리라는 한자는 《예기》의 "樂者通倫理者也……和樂則幾於禮矣 禮樂皆得謂之有德 德者也"에서 유래하였는데, 이 원문의 뜻은 윤리는 다름 아닌 사리와 인정의 뜻으로 보고 있다.

읽었다. 그 줄거리가 막연하게나마 내 머리에 떠오르는 것은 대단히 교훈적인 이야기였다는 사실이다. 내 기억을 더듬어 보면 대강 이러하다. 어떤 시골 출신의 학생이 파리의 어떤 대학에 입학했다. 그 대학에서 어떤 철학 교수는 "인간의 자유라는 것은 일종의 환영(幻影)이다. 따라서 선악이라는 구별도 없고 만사는 운명이 아니라 필연적으로 되어지는 것뿐이다"고 가르쳤다. 이 교수는 측근의 말을 빌자면, "그 교수는 점잖고 말이 없이 규칙적 생활을 하는 훌륭한 신사인데, 다만 일요일에 교회를 나가지 않는 것이 흠"이라 한다.

교수는 스스로 무신론자로 자처하고 있으나 측근에게 그런 말을 한 적은 없다. 학생은 그 교수를 존경하고, 따라서 과 교수의 사상을 그대로 받아들여서 훌륭한 성적으로 학교는 졸업했으나 신앙은 잃었다.

한편 시골에 사는 그 학생의 어머니는 사랑하는 자식을 도회의 대학으로 유학시키느라고 갖은 고역을 다 치르게 된다. 그리고 자식이 어릴 때부터 간직한 신앙심은 그대로 지니고 있는 것으로만 믿고 있었다. 그러던 어느 날 그 학생의 시골 어머니에게 무서운 소식이 전해졌다. 그것은 그의 사랑하는 아들이 가정교사로 있는 집의 여자 아이를 죽이고 경찰에 체포되었다는 사실이다.

늙은 어머니는 파리로 갔다. 그 학생의 어머니는 도무지 그 사실이 믿어지지 않았다. 그렇게 신앙심이 굳건하던 자식이 사람을 죽인다는 것은 상상할 수도 없었다. 아마도 어떤 못된 놈이 죄없는 자기 아들에게 죄를 뒤집어씌워 잡혀가도록 만든 것이라고 생각하고 있었다. 그리고 파리에서 어느 날 노모는 아들을 가르쳐준 교수를 찾아가서 다음과 같이 말했다.

"사람을 죽인 것은 당신입니다."

이것은 직감적으로 한 말이었을까.

교수는 이윽고 노모의 눈물을 보고서 인간의 실생활에서 비로소 깨달은 바가 있었다. 이 세상이 환영이라는 자신의 생각이 잘못이었다는 것을 알았다. 이 세상은 필연이나 운명적으로 되어지는 것이 아니라는 것을.

물론 이것은 하나의 소설에 지나지 않지만, 지난해 이와 비슷한 사건이 일어났었다.

젊은 부부가 자기의 어린 아들을 죽였다는 것이다.

두 사람은 재판하는 자리에서 조금도 뉘우치는 기색이 보이지 않았다. 오히려 실존주의를 생활화한 것뿐이라고 태연하게 말하였다. 요컨대 실존주의를 내건 학자가 재판을 받는 것이라고 말할 수 있겠다.

말이나 글로써 남을 가르치는 사람들의 책임은 꼭 이와 비슷하다 할 것이다. 소설가나, 희곡 작가나, 철학자나, 평론가나 자기의 생각한 바를 표현함으로써 필연적으로 교사가 되는 것이다. 그들이 표현하는 생각이 옳으냐 그르냐, 생명의 씨를 뿌리는가, 악의 씨를 뿌리는가 제자에게 기쁨을 주는가 슬픔을 주는가, 이러한 문제는 바른 작가나 출판업자라면 깊이 반성해야 할 중요한 문제이다.

글로써 남에게 알리려는 것은 인간 생활의 표현이요, 판단인 동시에 장래에 대한 진언(進言)이 되고 규범이 된다. 따라서 이것은 윤리의 문제와 관련을 갖게 된다.

이것은 이탈리아의 신학자 페데리코 바바로[43] 〈출판과 윤리〉라는 논문의 일부이다.

이 글 가운데서 우리는 여러 가지 교훈을 받았을 것이다. 이것을 그대로 책에다 결부시켜 생각건대 사상적인 책이거나, 사고방식에 영향을 주는 책은 많은 문제를 일으킬 가능성이 있다는 것을 알 수 있다. 예를 들면 우리가 생각하고 있던 사실과 전혀 다른 생각을 나타내는 책을 읽었을 때, 자기의 생각과 다르다고 해서 그 책을 집어던질 뿐 아니라 그 저자를 경멸하고 말 것인가. 물론 유명한 역사학자 기번 같은 사람은 책을 읽어가는 동안에 그 책 안에 있는 것과 다른 사상이 나오면 그 책을 덮어버리고 자기 생각과 맞는 다른 책을 찾아 읽었다고 한다. 그러나 이런 때 우리는 첫째로, 왜 이 책의 저자는 나의 생각과 다를까? 둘째로, 어떻게 생각해서 이런 결론이 나왔을까? 셋째로, 이 책 저자의 처지를 동감한다면 결국 어떤 결론이 나올 것인가를 잘 검토하면서 읽어 볼 일이다. 사람이면 누구나 자기대로의 생각하는 자유가 있고, 또 제각기 그렇게 생각할 수밖에 없는 이유와 동기가 있기 때문이다. 물론 저자라고 해서 모두 이런 이유까지를 밝히는 것은 아닐 것이다. 그렇더라도 그것을 알려고 애쓰는 노력은 독자가 가져야 한다는 것이 다름 아닌 독자의 윤리라는 것이다.

---

43) Federico barbaro(1913~?) 이탈리아의 신학자. 저서로는 《신약성서의 주해서》 종교 교과서 (전10권) 등이 있다.

2. 책에 대한 올바른 평가

세상 사람들은 흔히 남이 쓴 책에 대하여 지나치게 악평을 한다. 하지만 그런 사람들일수록 자기는 그와 비슷한 책조차도 쓸 수 없는 사람이 많다. 남이 한 일에 대하여 좋게 말하지 않는 인심이기 때문에 단 몇 사람에게서나마 좋은 평을 듣기란 어려운 노릇이다. 더욱이 여러 사람들에게서 한결같이 좋게 보이기란 하늘의 별따기보다 어려울 것이다.

이렇게 생각하면 남의 앞에 드러내는 일을 한다는 것은 어리석은 일이다. 책을 쓴다는 것은 더욱 그렇다. 남 앞에서 말을 한다는 것은 녹음을 하지 않는 이상 순간적으로 지워지고, 신문에 글을 쓴다는 것은 특별한 경우가 아니라면 하루나 이틀이면 그만이며, 잡지에 글을 쓴다는 것도 한 달이나 두 달이 고작이지만, 책을 쓴다는 것은 몇 년 아니 몇십 년 갈는지 모르는 긴 생명을 가지고 있기 때문에 잘못이 있으면 영구히 지워질 수 없기 때문이다.

그러면 이런 것을 알면서도 많은 사람들은 왜 책을 쓰고 있을까. 때로는 아무렇게나 쓰고 엮어진, 참으로 책이라는 이름조차 붙이기 어려운 백해무익한 서적이 전혀 없다고 말할 수는 없을 것이지만, 그러나 책을 쓴다는 것은 좋게 말하면 그만큼 세상에 빛을 밝히는 일이 된다는 사명감에서일 것이다. 일찍이 스피노자[44]는 "비록 내일 세계의 종말이 올지라도, 나는 오늘 한 그루의 사과나무를 심겠다"고 했듯이, 책을 쓰는 사람들의 진정한 마음이 비록 오늘부터 세상 사람이 나를 욕할지라도 나는 세상의 조그만 빛이 되기를 바라며 책을 쓴다고 하면 지나친 말이 될까.

수십 년 전 사르트르[45]도 '문학이란 무엇인가'라는 문제를 다룬 책에서 무엇 때문에 쓰느냐 하는 문제에 대하여,

"예술적 창조의 주된 동기 중의 하나는 세상에 우리 자신들이라도 그것이 문화 창조에 이바지되는 바가 있으리라고 확신하는 까닭에서이다."

사실 책을 쓴다는 것은 쉬운 일이 아니다. 우리가 남이 써놓은 책을 읽고 이러니저러니 평은 하기 쉬워도 책을 쓴다는 것은 콜럼버스의 달걀[46]과도 같이 비웃는 사람은 할 수 없는

---

44) Spinoza(1632~1677) 네덜란드의 철학자. 포르투갈계 유태 상인의 아들로 태어나 처음에는 유태교 계통의 학교에서 교육을 받았으나, 서구 사상에 흥미를 가지고 수학을 비롯한 자연과학을 공부하였기 때문에 유태교에서 파문되었다.

45) Sartre (1905~1980) 프랑스의 철학자·소설가·극작가. 대학에서 철학과를 수석으로 졸업하고 철학 논문 〈상상력〉을 발표하고 이어 소설 《구토》를 발표하여 실존주의 문학의 창시자가 되었다. 그는 평화주의자로도 이름이 높은데, 1954년 베를린에서의 세계 평화 평의회 특별총회석상에서 '수소폭탄'은 역사에 반역하는 무기라는 연설을 하여 상당한 반향을 일으킨 바 있다.

46) Columbus (1446~1506) 이탈리아의 항해가로 아메리카 대륙을 발견한 사람. 대서양을 서쪽으로 항해하면 인도에 갈 수 있으리라고 확신하고 출발한 것이 상상외로 아메리카 대륙을 발견하게 되었다. 아메리카 대륙을 발견한 데 대하여 많은 사람들은 그것은 우연하게 있는 것을 보았을 뿐이고 새로운 것을 발견한 것이 아니라고 비웃었다. 그때 그는 달걀을 한 개 가지고 와서 누구든지 이 달걀을 탁상 위에 세워 보라고 말했다. 그러나 아무도 그 달걀을 탁상 위에 세워놓은 사람이 없었다. 그것을 보고 있던 콜럼버스는 달걀을 손에 들고 탁상 위에다 탁 쳐서 깨어 탁상 위에 놓고서 입을 열어 "여러분! 누구나 남이 한 것을 볼 때 그것은 누구나 할 수 있는 것같이 생각하기 쉽습니다. 그러나 실제로는 그렇게 쉽게 해내지를 못하는 것입니다"라고 말했다. 이것이 유명한 콜럼버

일인지도 모른다. 크건 작건간에 하나의 책을 쓰기에는 많은 시간과 정력과 비용이 든다. 여기서 다른 많은 것은 차지하고 시간만을 예로 들더라도 한 권의 책을 쓰는 속도와 그것을 읽는 속도와는 비교가 되지 않게 많은 차이가 있는 것이다.

대체로 우리가 하루에 읽을 수 있는 책이라도 그것을 쓰는 데에는 상당한 시간이 필요했을 것이다. 가령 하루에 읽어버릴 수 있는 책을 2년이라는 세월을 두고 썼다고 —— 자료 수집 · 연구 조사 등의 기간을 합하면 그 몇 배가 되지만 —— 하자. 그 책을 반나절 동안 읽고서 집어던지고 만 독자가 있다면 그 저자의 무수한 노력과 시간은 무참한 꼴을 당하게 되는 것이다. 따라서 우리는 책을 대할 때 한 번쯤 그 책을 쓴 저자의 노고를 생각하지 않을 수 없다.

3. 책의 올바른 보존

책은 그 내용을 생각할 때 저자에 대하여 예의를 갖추어야 하며, 책의 외형을 생각할 때 그 책을 만들기까지의 수많은 사람들의 노고도 잊을 수가 없다. 책이 세상에 나오면 우리는 보통 그 책의 저자에만 관심을 기울이게 되고, 그 책이 나오기까지 그늘에서 수고한 수많은 사람들의 노고는 잊기 쉽다. 그러나 책을 하나의 문화재라고 하면 저자는 문화재의

스의 달걀 이야기다.

소재를 주었을 뿐이고, 그것을 하나의 문화재로 완성하는 것은 그 책의 출판을 맡은 출판사이다. 게다가 여러 사람들이 눈에 보이지 않게 여러 가지로 애써야 하는 것은 출판사뿐만이 아니다.

이렇게 만들어진 책을 우리는 너무나도 헐값으로 손에 넣을 수 있다는 것은 참으로 현대 문명의 큰 혜택이 아닐 수 없다. 책은 확실히 저자의 정신적인 노고로 말미암아 이루어진 정신적인 산물인 동시에, 일반적으로는 출판사의 상업행위로 나타나기 때문에 상품이 되는 것이다. 그러나 보통상업과 물질적으로 다른 것은 책에는 저마다 특이한 인격적인 개성이 들어 있다는 사실이다. 이것은 현대 문명국가에서 거의 모두 저작권47)을 재산의 권리인 동시에 인격의 표징(表徵)으로 본다는 데서도 알 수 있다.

책은 인격적인 개성을 지니기 때문에 크건 작건 간에 책을 통해서 저자의 심정을 이해하기에 이르면 일종의 애정으로까지 발전할 수도 있다.

흔히 독자가 저자의 책만을 통해서 서로 알게 되고 나중에 가서는 사랑을 주고받는 것을 볼 수 있는 것도 이러한 까닭이다. '책에는 개성이 있다'는 의미는, 우리가 책을 대할 때는 누구나 자기가 알고자 하는 바가 씌어 있어야 만족하게 된다. 그러나 우리들 개인에게 꼭 알맞은 책이란 있을 수 없을 것이다. 왜냐하면 우리들 개성이 서로 다른데 그 많은 사

---

47) 문예·학술 또는 음악에 관계되는 저작자의 정신적 노작의 소산인 저작물에 대한 권리로서 국가 사회의 문화 질서를 유지하며 문화의 향상·발전을 위하여 국가의 법률로 보호한다.

람들의 개성을 꼭 맞춘다는 것은 불가능한 일이기 때문이다.

가령 불행한 사람이 어떻게 행복을 누릴 수 있을까 해서 행복에 대한 책을 읽었다고 하자. 그 사람이 행복을 누릴 수 있는 다른 여러 조건을 무시하고서 그 책만을 읽었다고 해서 행복하게 되리라고는 아무도 생각할 수 없는 이치와 비슷하다. 책에 개성이 있는 까닭에 그 개성과 알맞은 여러 조건이 구비되었을 때 만 그 책을 읽은 사람에게 크게 도움이 된다는 것을 알아야 하겠다. 그렇지 않고 그저 자기의 형편과 처지야 어떻든간에 책만 읽으면 그대로 해결되어진다고 생각했다가, 그 뜻이 이루어지지 못했다고 해서 책을 무용한 것이라고 생각하는 것은 어리석은 일이다.

책이 하나의 상품에 지나지 않는다면 우리에게 당장 필요하지 않은 것을 오래 간직할 필요도 없을 것이다. 그러나 책을 구입해서는 읽고 버리거나, 읽을 필요가 없다고 해서 선뜻 내버리는 사람은 아무도 없다. 책은 사고 파는 것이기 때문에 상품임에는 틀림없으나, 인격적인 특징을 가진 사랑스러운 상품이라는 이유를 이런 데서도 발견할 수가 있다. 그러므로 일찍이 프란시스 베이컨도 독서를 음식을 먹는 것과 비슷하게 보고 "책은 마음의 양식"이라고 한 것은 참으로 책에 대한 짧고도 명쾌한 말이라고 생각한다.

참으로 책은 마음의 양식이다. 그리고 그 양식은 다른 물질과는 달리 인격적인 측면까지 제공해 주는 것이다. 책은 이렇게 귀중한 문화재이므로 잘 보존하지 않으면 안 된다. 책을 건전하게, 그리고 오래도록 보존하는 방법으로는 어린 아이를 다루는 것과 같이 해야 한다는 말이 있다. 누구나 어린아이들이란 마구 다뤄서는 안 된다는 것을 알 것이다. 너무 덥거나, 춥거나, 습하거나, 건조해도 어린아이들은 병들기 쉽다. 문화의 젖줄이라고 할 수 있는 책도 이와 마찬가지라는 것이다. 요컨대 사람이 있기에 적당한 곳이라야 책도 온전하게 보존될 수 있는 것이다. 책은 적어도 1년에 한 번 정도는 먼지를 털고 바람을 쐬며, 그리고 이따금씩 기름으로 겉표지를 닦아 주는 것이 좋다. 일찍이 영국의 유명한 서지학자 브레드즈는 《책의 적》[48]이라는 책 가운데서 불·물·열·먼지·무지·등한시·종이벌레 등을 책의 적으로 들었으며, 책이 인격적인 것이라면 그 책을 마구 천대하는 독자는 남의 인격을 모독하는 불손한 사람이라고 할 수 있을 것이다.

---

48) 책의 수명을 오래 유지하도록 하기 위해서는 다음에 열거한 사항에 유의해야 한다.
①햇볕을 직접 받지 않도록 할 것. ②불 가까운 곳에서 읽지 말 것. ③베게로 삼지 말 것. ④머리의 때를 책상 위에 떨구지 말 것. ⑤손가락에 침을 바르고 책장을 넘기지 말 것. ⑥책장을 접어 두지 말 것. ⑦책을 펴 놓은 위에서 음식을 먹지 말 것 ⑧습기가 있는 곳에 책을 놓지 말 것. ⑨책이 구겨지게 책장에 꽂지 말 것.

제9장 독서와 건강

약한 신체는 정신을 강하게 한다.   — 루소

1. 건강과 독서 능률

무슨 일에나 노력에 비해 성적은 그리 좋지 못한 사람이 많다. 이런 경우에 두 가지로 생각할 수 있겠다. 이것은 본래 두뇌가 좋지 못한 것이 아니면, 노력하는 방법이 나쁘기 때문일 것이다. 독서하는 데도 이와 마찬가지다. 어떻게 하면 적은 노력으로 많은 효과를 거두는 독서를 할 수 있을까 하는 것이 중요한 문제가 된다. 효과적인 독서를 하려면 무엇보다도 읽고자 하는 책의 내용에 대한 어느 정도의 예비지식이 있어야 하는데, 이것은 생리적인 조건과는 아무런 관계가 없는 것이지만, 중요한 것은 두뇌의 명쾌함과 피로의 극복이라는 생리적인 조건이 잘 조절되지 않으면 안 된다.

많은 연구가들의 연구를 종합해 보면 독서를 하는 데는 의식을 청명하게 해서 항상 두뇌를 명쾌하게 해야 한다는 것이다. 그러기 위해서는 무엇보다도 뇌수(腦髓) 내의 혈액이 적

당히 유지되어야 한다. 보통 때 뇌수의 내부를 순환하는 혈류량은 대략 전신의 혈류량의 약 5분의 1 이상이라고 하는데, 뇌수 안에 있는 모세관은 여러 가지 감동 · 열중 · 주의 집중 · 사색 등의 과격한 심리 작용이 있거나, 혹은 체온의 변화와 같은 육체적인 영향으로 인해서도 순간적으로 뇌수 속의 혈액량에 변화를 일으켜서 혈액량이 많아지면 충혈(充血)⁴⁹⁾, 적어지면 빈혈(貧血)⁵⁰⁾이 되어 두뇌가 명쾌하지 못하게 된다.

그리고 뇌출혈 증상을 가져오는 원인으로는 날씨가 무더울 때, 방 안의 온도가 높을 때, 정신적 감동을 받았을 때, 술을 마셨을 때, 병으로 열이 있을 때, 신경쇠약 증세가 있을 때 등을 들 수 있는데, 이것을 제거하려면 신선한 공기를 호흡하면서 산책을 하거나. 온수 마찰을 하거나, 혹은 가벼운 운동을 하면서 뇌 속의 혈액을 발산토록 해서 혈액량을 적게 해야 한다. 반대로 뇌의 빈혈 증상을 가져오는 원인으로는 날씨가 차가울 때 심신(心身)의 피로를 느낄 때 등을 들 수 있는데, 이럴 때는 술을 마시거나, 차나 커피를 마시는 것이 이 증세를 제거하는 방법이 된다고 한다. 이렇게 생각하면 우리는 이따금 찬 날씨에도 졸음이 오고 몹시 심신의 피로를 느끼는 때가 있는데, 이것은 분명히 생리적으로 오는 빈혈

---

49) 뇌혈관의 파열에 의한 출혈일 경우에는 의식이 혼탁해져서 반신불수가 되는데, 대체로 노인에게 많이 발견된다. 치료는 절대 안정을 유지하는 것과, 포도당액 주사 등이 있다.

50) 뇌의 혈액 순환이 좋지 못하여 일어나는 급격한 빈혈이나 심장 쇠약에 의한 것이 보통이다.

때문이라는 것을 알 수 있겠다. 이런 때 우리는 지체없이 약간의 술이나 차나 커피 같은 것을 마시고 뇌 속의 혈액량을 증가시켜야 한다. 동시에 이와 관련해서 생각할 수 있는 것은 뇌의 충혈이 비교적 만성적으로 오는 사람이면 누우면 혈액이 뇌로 더 많이 흘러 들어가게 되므로 이럴 때일수록 서서 책을 읽거나, 자세를 바르게 하지 않으면 안 된다.

이와 같이 항상 뇌수를 건전하게 하지 않고서는 능률적인 독서를 바랄 수 없다. 무리하게 일시에 무엇을 암송하려 한다거나, 쓸데없는 것을 지나치게 생각해서 정신력의 소모를 더하게 할 필요는 없다. 오히려 될 수 있는 대로 정신력을 평정하게 만들기 위해서는 적당하게 잠을 자거나 —— 지나치게 자면 정신 활동을 흐리게 한다 —— 두뇌에 유익한 음식물을 섭취해야 한다.

두뇌에 좋은 음식물로는 주로 야채나 과실은 물론, 당분이 있다. 특히 젊은 사람이나 몸이 야윈 사람일수록 더욱 당분을 많이 취해야 한다고 하는 것은 벌써 하나의 상식이다. 항상 독서하는 사람이라면 독서함에 적합한 체력을 유지하지 않으면 안 된다. 이것을 아무리 독서에 열의가 있다 해도 생리적으로 무리하게 되면 노력한 만큼의 효과가 나타나지 않는 것은 물론, 신체의 건강을 해치게 되기 때문이다.

2. 휴식과 독서 시간

"건강한 신체에 건전한 정신이 깃들인다(*mens sana in*

corpore sano)"는 말이 있는데, 이는 몸이 피로하게 되면 정신도 혼미하게 된다는 의미이다. 몸의 피로를 통해서 정신의 피로를 느낄 때는 자연적으로 주의의 집중이나 긴장이 지속되지 못하기 때문에 독서를 해도 그리 성과가 없다.

독서를 하다가 피로를 느끼고 따라서 주의력이 산만해지면 아무리 독서를 계속해도 별로 성과가 없다는 말을 한 바 있으며, 이 피로가 독서를 시작한 지 몇 시간 후에 오느냐에 대해서는 일률적으로 말할 수 없을 것이다. 그것은 이미 앞에서 본 바와 같이 사람이 체질에 따라서도 다르겠지만, 그것보다는 독서할 때 긴장도를 높여서 어려운 내용의 책을 읽는다거나, 깊은 사색을 요하는 책을 읽는다거나 하는 문제가 있다. 또 이와 반대로 책이 퍽 흥미 있기 때문에 별로 힘든 줄 모르고 책을 읽는 것과는 많은 차이가 있는 한편 활자의 크기, 광선의 명암 등의 문제가 있다.

다시 말할 것도 없이 읽는다는 활동은 읽는 사람과, 읽히는 문자가 있어야 가능한 것이다. 이것을 더 자세히 말하자면, 누가 어떤 정도의 독서 능력을 가지고 어떻게 읽는가 하는 심리적이며 생리적이라고 말할 수 있는 주관적인 측면과, 어떤 내용의 책을 어느 정도 크기의 활자로 인쇄된 것인가 하는 물리적이라고 할 수 있는 객관적인 측면 두 가지를 아울러 생각하지 않으면 안 된다.

이에 대하여서는 일찍부터 많은 사람들이 연구해 왔다. 특히 독서의 방법을 분석해서 눈과 뇌와 읽는 것을 시간적으로 측정하고 있다. 그런데 시력이 좋고 나쁜 상태로 독서하는 데에는 활자의 크기와 밀접한 관계가 있는 것은 이미 언급했으며, 시력은 또한 어둡고 밝은 데도 큰 관계가 있는 것이다. 책이란 일반적으로 작은 활자를 쓰고 있기 때문에 눈에서 너무 멀리 떨어지면 읽기에 힘들 것이지만 너무 가까이하면 눈의 피로가 더해진다고 한다. 물론 이것도 어둡고 밝음에 따라 다소 차이는 있겠지만, 대체로 독서의 기술에서 말한 바와 같이 30센티 정도가 좋다는 것이 이 방면의 연구가들의 말이다. 이와 같이 독서하는 데 주의해야 할 모든 것을 그대로 지키면 피로는 없어지는 것인가 하면 그렇지도 않다.

사람이란 역시 능력의 한계가 있기 때문에 일정한 한계를 벗어날 수 없을 것이다. 우선 주의의 지속력에 대하여 어떤 심리학자의 의견에 따르면, 어린이는 15분 정도가 고작이고, 성인이라고 하더라도 1시간을 넘지 못한다고 한다. 이것이 사실이라면 우리가 심혼(心魂)을 기울여 독서를 계속하되, 1시간에서 2시간을 넘어서면 벌써 무리한 것으로 되는 것이다. 따라서 그 책의 내용이 어렵고, 또 정신을 쏟아서 읽어야 할 책이라면 많으면 2시간 정도 읽은 뒤에는 반드시 적당한 휴식을 취하는 것이 현명하다 할 것이다. 그렇지 않고 더 계속한다면 주의가 지속되지 않는 동안에 읽는 것이 되므로 실제 효과가 의심될 뿐 아니라 나중에는 생리적으로도 몸에 피로를 가져오리라고 생각되기 때문이다.

피로가 점점 쌓여서 이른바 과로를 하게 되면 우리는 의학자들의 말을 빌 것도 없이 병의 원인을 만들어 주는 것이 된다. 외국의 어떤 의학자는 병의 원인은 대체로 과로가 많은데, 이것을 피하려면 일을 하고 나서는 반드시 적당히 휴식을 해야 한다고 말했다. 그것은 지극히 옳은 말이다. 우리의 상식으로 생각해 봐도 몸의 피로를 느낄 때 휴양을 하면 피로가 풀릴 것이다. 그러면 대개 휴양이란 어떤 것인가. 우리는 휴양이라면 일을 하다가 그만두고 쉬는 것으로만 알기 쉽지만, 사실은 쉬는 것만이 휴양이 아니고 일의 종류를 바꾸어서 기분을 달리하는 것도 하나의 휴양이 된다.

머리를 써서 피로를 느낄 때 가벼운 운동을 하는 것도 휴양이요, 육체적인 노동을 하다가 피로를 느낄 때는 독서를 하는 것도 휴양이며, 또한 책의 내용이 깊고 사색을 요하는 독서를 하다가 피로를 느낄 때는 가벼운 책, 흥미 있는 책같은 것으로 바꿔 읽는 것도 휴양이 된다는 말이다.

그러나 이러한 것들은 어디까지나 임시변통이고, 근본적인 휴양은 못 된다. 우리들의 피로를 근본적으로 없애는 데는 역시 충분한 휴식과 영양을 보충하는 일이다. 우리는 독서의 능률을 올리기 위해서 항상 몸의 과로를 없게 해야 하는데, 이 과로를 피하는 방법으로는 너무 무리하지 말 것과 충분히 휴양할 것, 그리고 잠을 많이 잘 것이 무엇보다 필요하다. 이것들에 유의하면서 생리적으로도 충분한 주의 아래 독서를 계속해나가야 할 것이다.

제 10장 독서와 환경

환경이 자기 성격에 맞는 사람은 행복하다. 그러나 더욱 탁월한 사람은 자기 성격을 환경에 맞도록 하는 것이다. ─ 흄

1. 조용한 분위기에서의 독서

책은 많이 읽을수록 좋다고 하는 것을 부인할 사람은 없다. 그리고 책을 읽는 데는 최소의 노력으로 최대의 성과를 거두어야 할 것이라는 것도 두말할 나위가 없다. 그러나 이렇게 하는 데는 앞서서 많은 문제를 생각한 바 있지만, 이제 또 하나의 중요한 문제로서 독서와 환경을 생각하지 않을 수 없다. 확실히 독서는 책의 내용이나 생리적인 조건으로 그 효과가 달라진다. 그러나 이에 못지않게 환경에 따라서도 많은 차이가 있을 것이다.

우리가 읽는 책의 내용과 알맞은 환경을 만든다는 것을 마치 연극을 하는 데 필요한 무대 장치를 만드는 것과 다름없다. 우리가 연극을 볼 때 적절한 무대 장치는 더 많은 효과를 올릴 수 있는 요건이다. 책을 읽는 데 있어서도 그 책에 알맞은 환경을 마련한다면 그 책은 이상할 정도로 생기를 띠어

자자구구(字字句句)에서 한결 더 깊은 뜻을 깨닫는 것 같고, 또 그 책을 쓴 저자를 눈앞에서 보는 것 같은 친밀감을 느낄 때가 있다고 하는 것은 이를 경험한 많은 사람들의 공통된 느낌이다. 이런 상태에서 읽은 책은 또 오래도록 잊혀지지 않는 것이다.

독서의 환경이라고 하더라도 때와 장소에 따라 다르고, 읽어야 할 책의 내용과 읽는 사람의 생리적인 조건에 따라 각각 다르기 때문에, 독서하는 데 환경이 어떠해야 한다고 한마디로 말할 수는 없다. 그러나 만인에게 공통된 적합한 조건을 말한다면 무엇보다 조용해야 할 것이다.

훌륭한 신문기자는 윤전기[51]가 돌아가는 시끄러운 곳에서도 능히 기사를 써야 한다는 말도 있고, 또 예부터 동양에서는 정신이 집중되면 안 되는 것이 없다는 말과 같이, 주위가 아무리 시끄럽다고 하더라도 마음을 가다듬으면 어느 때, 어떤 곳에나 자유롭게 독서에 몰두할 수 있다. 그러나 이러한 것을 실행에 옮기기에는 꽤 어려운 일이라는 것을 많은 사람들이 경험하는 바다.

독서하는 데 조용해야 한다고 하는 것은 단지 기분적으로 그러하다는 것뿐만 아니라 생리적으로도 큰 문제가 된다는 것은, 오늘날 도시의 시끄러운 소음이 인체에 상당히 큰 악영향을 미친다는 사실을 알고 있기 때문에 더욱 그러하다. 도시의 시끄러운 소리가 사람의 신경을 자극해서 이른바 노

---

51) 윤전 인쇄기(rotary press)의 약어로서 원통상의 판과 인압원통(印壓圓筒)과의 사이에 둥글게 만 인쇄 종이를 통하게 하여 인쇄가 되도록 하는 인쇄 기계인데, 보통 신문을 인쇄하는 데 쓴다.

이로제[54]를 일으키는 한편 위를 몹시 약하게 한다고 하니, 독서의 절대 조건인 마음의 평정과 생리적인 건강을 함께 앗아가는 것이 바로 시끄러움이라고 할 수 있겠다. 독서는 시끄러운 곳을 피해서 해야 할 뿐만 아니라 고독함을 느낄 정도로 조용한 데서 해야 할 것이다. 이런 의미에서 보면 외롭기는 하되, 등대지기야말로 독서를 하는 데는 좋은 환경에 놓여 있지 않은가 생각된다. 고독과 독서와 등대지기를 연상하려니 이에 대한 손명현씨의 글이 생각난다.

일반적으로 독서의 효용에 관해서는 새삼스럽게 여러 말을 할 필요도 없을 것이나, 나 개인에 관해서 말한다면 효용은 무엇보다도 고독을 즐길 수 있게 하는 점에 있다. 싫으나 좋으나 우리는 먹고 살기 위해서는 직업에 종사해야 하지만 그 나머지 시간을 세상 사람들은 무엇에 소비하고 있는가. 영화 구경을 간다, 친구를 찾아 잡담을 한다, 장기나 바둑을 둔다, 당구를 친다, 다방에 간다, 운동 경기를 구경하러 간다, 등등 그러한 것들도 다 필요도 있고 재미도 있겠지만, 나 개인에 있어서는 그런 것을 할 시간과 '에너지'가 있으면 차라리 낮잠이나 자면서, 그러잖으면 한 권의 서적을 대하기를 택한다. 하여간 하루 종일 혼자 있어도 심심치 않다. 이것이 나에게 있어서 독서의 가장 큰 효용인데, 그러나 생각하면 이와 같이 독서를 즐기는 생활이란 아직도 부족하다 할 것이다. 왜냐하면 독서를 하려면 책이 있어야 하는데, 책에서 떠나게 되면 대단히 당황하게 된다. 그

---

54) 신경 계통에 일어나는 병으로 일종의 신경 쇠약증.

런 의미에 있어서 나는 학생 시절에 불어 공부를 할 때 '독본 (讀本)'에서 읽은 다음 문장이 잊혀지지 않는다.

저 건너 바닷가에 탑이 보이지 않습니까? 그것은 등대입니다. 늙은 등대지기가 그의 충실한 개와 더불어 그곳에 살고 있었습니다. 지난해에 나는 배를 타고 그 등대를 방문했습니다. 등대지기는 친절히 맞아 주었습니다.

그는 나를 그 탑 속으로 오르게 하였는데, 그곳에는 그의 조그만 방과 침대가 있었습니다.

"언제부터 이 등대를 지키고 계십니까?" 하고 나는 물었습니다.

"30년 전부터."

"이렇게 외로이 계시니 심심하지 않으십니까?"

"결코."

"그러면 이곳에서 아침부터 저녁까지 무엇을 하고 계십니까?"

"독서를 하고 있습니다."

"책을 보내 드릴까요?"

"감사합니다. 그러나 그럴 필요 없습니다. 나는 두 권의 책으로 나는 충분합니다. 그 속에 들어 있는 이야기를 항상 새롭고 끝이 없습니다."

"그것은 무슨 책입니까?"

"《하늘과 바다》." 그는 간단하게 말했습니다. 이 사람은 자기는 지각하지 못하고 있지만 훌륭한 철학자입니다.

책이 없이 혼자 외로이 있어도 심심치 않은 이러한 정취야말로 삼매지경(三昧之境)이 아닐까 한다. "絶無學絶爲閑 道人 不除忘不求眞 證道歌"라고 한 경지도 이에 일맥상통하는 점이 있다 하겠다.

이 글 가운데서 등대지기가 철학자가 되든 도학자가 되었든 알 바 아니지만, 외롭고 몹시 한적한 생활을 하고 있다는 것을 짐작하고도 남음이 있겠다. 끝에 가서 한문이 뜻하는 바는 쓸데없는 생각을 버리지 않고서는 진리를 구할 수 없다는 것으로, 바로 이러한 망상이 없는 환경이 독서하는 데 가장 알맞은 것이다. 우리는 요즘도 흔히 시험공부를 한다는 사람들이 절간으로 많이 가는 것을 알고 있지만, 절간보다 더 좋은 곳이 등대소라고 말해도 잘못이 없겠다.

그러나 독서하는 사람 누구나가 그런 이상적인 환경을 바랄 수는 없을 것이다. 그렇다면 우리는 독서하는 환경을 잘 만들어야 할 것인데, 시끄러움을 피할 수가 없는 처지라면 우리는 그것을 마음으로 극복하는 도리밖에 없다. 대체로 정신을 어느 한 곳에 집중하려 할 때 가장 방해가 되는 것은 시끄러움이라는 것을 우리는 늘 경험을 통해서 알고 있다.

이럴 때 우리가 손쉽게 할 수 있는 일, 다시 말해서 문밖에서 나는 시끄러운 소리는 문을 꼭 닫는다거나, 수도에서 물방울 떨어지는 소리는 수도꼭지를 꼭 틀어 막는다거나, 어린아이들이 떠드는 소리는 주의를 준다거나 하면 피할 수 있다. 그러나 외부에서 오는 시끄러움, 다시 말해서 길가에 있는 집이면 차가 지나가는 요란한 소리라든가, 이웃집의 전축

소리 같은 것은 어찌할 방법이 없다. 이럴 때에는 독서에 더욱 열중해서 시끄러운 소리를 의식적으로 듣지 말아야 한다. 이것이 처음에는 대단히 어려운 것 같지만 얼마 동안 훈련을 쌓으면 시끄러운 것은 그만큼 시끄러운 소리를 들으려는 마음이 있기 때문이요, 전혀 듣지 않겠다고 노력한다면 그것이 마음에까지 파고 들어오지 못할 것이기 때문이다.

기자가 시끄럽게 돌아가는 윤전기 소리를 들으면서 기사를 쓸 수 있다는 것은 이것을 증명한다고 볼 수 있다.

2. 장소에 따른 독서

독서의 환경에 공통적으로 좋은 조건은 조용함이며, 이에 못지않게 독서하는 데는 장소가 좋아야 한다. 독서하는 장소라고 하더라도 그 수는 하나 둘이 아니다. 얼른 우리 머릿 속에 떠오르는 것만 들어도 서재, 도서관, 연구실, 교실, 사무실, 병사(兵舍) 등과 같은 실내는 물론 나무 그늘 아래, 선상(船上), 버스 안, 기차 안 등과 같은 곳도 있으며, 사람에 따라서는 형무소의 감방이 독서하는 장소가 될 뿐 아니라 그곳에서 훌륭한 저술을 한 사람도 많이 있다.

특히 우리 나라의 이승만 박사는 일찍이 감방에서 신문 사설을 썼고, 또한 지금까지도 많은 사람들이 읽고 깊은 감명을 받는 《독립정신》이라는 책을 저술한 것도 형무소의 감방을 선용한 가장 좋은 예의 하나가 되는 것이다. 그러나 독서하는 장소로서 대표적인 것으로 학자라면 연구실이나 서재

일 것이고, 일반 사무원이라면 사무실이나 자기 집이 될 것
이요, 학생이라면 대부분이 도서관이 아니면 교실이라고 말
해도 좋을 것이다.

그 밖에 독서하는 장소로 열거한 여러 곳에서는 아무래도
본격적인 독서를 할 수 없고 흥미 있는 읽을거리라든가 신문
잡지를 읽는 것이 보통이다. 어떤 사람은 흔들리는 차 안에
서 독서를 하는 것이 생리적으로 좋지 못하다고 해서 금해야
한다고 하지만, 그것이 전혀 근거없는 말이 아니라고 하더라
도, 오래 머물러야 할 차 안에서 오래 책을 읽는 까닭에 현기
증이 일어난다든지 하면 그것도 문제가 되지만 간단히 쉬면
서 지루한 여행을 독서로 보내는 것은 참으로 유익한 일이라
할 것이다. 차 안은 훌륭한 독서 장소가 된다.

그러나 독서의 장소로는 연구실이나 도서관이 제일이다.
연구실은 학자들이 자기가 전공하는 학문을 깊게 하려는 목
적으로 주로 필요한 연구 도서를 모아 두고 독서하는 장소이
기 때문에, 무엇보다 자기가 하고자 하는 독서를 하기에는
알맞은 장소가 될 것이다. 그리고 도서관은 학자들이 보고자
한 책이 자기 연구실에 없을 때 그 책을 찾아가는 곳이기도
하고, 주로 학생을 비롯하여 일반 대중이 책을 찾거나, 독서
하는 분위기 속에 뛰어들어가기 위해서 찾아가게 마련이다.
도서관은 길게 설명할 것도 없이 인류의 가장 귀한 보물이
들어 있는 창고다. 이 도서관을 독서하는 장소로 잘 이용하
는 사람은 그만큼 지식의 흡수를 잘하는 사람이요, 독서를
잘하는 사람이다. 이에 대해서는 미국의 어떤 대학 총장이
신입생들에게 훈시하기를, 도서관을 이용하는 법을 잘 알고

있는 학생이면 대학 재학 중에 적어도 3개월이라는 공부 시간을 절약할 수 있는 학생이 될 것이라고 말한 것으로도 충분히 이해가 된다. 그러나 도서관도 한정된 인원밖에 수용할 수 없기 때문에 그곳을 누구나 이용할 수는 없다. 우리 나라와 같이 아직도 도서관이 그 수에 있어서 빈약하기 이를 데 없는 나라에서는 도서관을 누구나 택할 수 있는 독서의 장소라고는 말할 수 없을 것이다. 그렇다고 독서를 차 안이나 나무 그늘만을 찾아가면서 할 수도 없다. 물론 산책을 하면서 독서를 하는 수도 있다. 청년 시절의 마콜리 경[53]은 교외를 산책하면서 《일리아드》를 읽었다고 하며, 앙드레 지드[54]는 그의 수필에서 "나는 걸어가면서 책을 읽는 것이 좋아서 언제나 책을 들고 밖에 나간다"고 했다.

그러나 이것은 특이한 예에 지나지 않고, 책은 역시 일정한 장소에서 읽는 것이 원칙일 것이다. 그리고 보면 연구실이 없는 학자는 자기 서재가 독서하는 장소가 될 것이요, 도서관을 이용할 수 없는 학생이나 일반 사람들이 본격적으로

---

53) Macaulay(1800~1859) 영국의 역사학자 · 정치가. 아버지가 스코틀랜드 출신의 유명한 노예 폐지론자였기 때문에 그 영향을 받아 그는 케임브리지대학을 졸업하고 변호사가 되었다. 한때 인도의 최고회의 법률 고문을 지냈으며, 특히 인도의 교육에 많은 공이 있다. 귀국 후 장관을 거쳐 대학 총장을 역임한 남작.

54) Gide(1869~1951) 프랑스의 소설가 · 평론가. 파리에서 법학자의 아들로 태어나서 학교를 마치고 불규칙적인 가정교사의 교육을 받았다. 19세부터 창작 의욕에 불타 사랑을 주제로 한 많은 작품을 썼다. 그의 작품은 그 수를 헤아릴 수 없을 만큼 많은데, 특히 일반에게 널리 알려진 것으로서 《좁은문》, 《전원교향악》 등이 있다. 그는 20세기 전반의 사상계에 큰 영향을 주었다. 1947년 노벨 문학상을 받았다.

독서하기에는 자기 집밖에 없다. 그러므로 독서하기를 즐기는 사람이면 될 수 있는 대로 독서하는 데 필요한 환경을 만들도록 힘써야 할 것이다. 가능하다면 욕심을 내어 서재를 꾸미는 것이 좋겠지만, 그렇지 못하다면 책상, 전기스탠드, 그리고 책장 같은 것을 적당히 준비해두어서, 언제나 책 읽기에 적합하도록 해야 할 것이다. 독서의 환경을 잘 만들어놓으면 "사람은 환경의 지배를 받는다"는 말과 같이 자연히 책을 읽고 싶은 충동을 받게 마련이기 때문에 더욱 그러하다. 우리는 때때로 특정한 책을 지목함이 없이 막연하게 무엇인가 읽고 싶은 충동을 느낄 때가 있는데, 이럴 때 만약 몇백 권씩이나 책이 꽂혀 있는 책장을 가진 사람이면 아무것이나 손닿는 대로 이것저것을 들고 목차만을 훑어보다가 우연히 꼭 필요한 대목을 찾아 본격적인 독서의 자세를 취할 수도 있다.

이렇게 보면 독서를 하려는 의욕도 환경, 특히 장소가 좋기 때문에 생겨나는 수가 있다는 사실을 깨닫게 된다.

3. 계절에 따른 독서

독서는 계절에 따라서도 여러 가지로 생각해 볼 수 있다. 독서에 가장 적합한 계절로서 우리는 옛날부터 가을을 등화가친(燈火可親)[55]의 계절이라고 했다. 확실히 가을밤은 춥지도 덥지도 않고 서늘해서 책 읽기에 좋을 뿐 아니라, 밤이 길어서 시간적으로도 독서하기에 좋다고 할 것이다.

옛사람들은 독서하는 데 제일 적합한 것으로 겨울, 밤, 비오는 날을 들었다. 다시 말하면 겨울은 한 해의 나머지라 하고, 밤은 하루의 나머지라 하며, 비오는 날은 갠 날의 나머지라 하여 이때는 책을 읽기에 알맞은 때라고 한 것이다. 곰곰이 따지고 보면 이치에 맞는 말이라고 할 수 있는데, 임어당은 한 걸음 더 나아가서 사계절에 맞추어 읽어야 할 책을 분류해서 다음과 같이 말하였다.

경서(經書)[56]는 겨울에 읽어야 한다.
── 겨울은 마음이 집중되는 때이기 때문이다.
사서(史書)는 여름에 읽어야 한다.
── 여름은 쉴 수 있는 시간이 많기 때문이다.
선철(先哲)의 책은 가을에 읽어야 한다.
── 사상에 매력이 있기 때문이다.
후대 작가의 문집은 봄에 읽어야 한다.
── 봄은 대자연이 다시 소생하는 때이기 때문이다

한편 서머셋 몸은 하루 동안의 독서를 다음과 같이 구분했다.
아침에는 일하기 전이므로 과학이나 철학과 같이 머리를 쓰는 책을,

---

55) 가을은 계절적으로 독서하기에 알맞다는 뜻인데, 그 출처는 한유(韓愈)의 시 "時 秋積雨霽 新凉入郊墟 燈火稍可親 簡便可卷舒"라고 한 데에서 유래한다.
56) 유교의 사상과 그 이치를 기술한 유교 경전으로서 사서·오경·13경 등이다.

일을 한 다음에는 약간 부드러운 내용의 책을,

오후에는 역사 · 수필 · 비평 혹은 전기 따위를,

저녁에는 소설이나 시집을,

밤에는 마음이 어지러워지지 않는 책을 읽는 게 좋다.

이와 비슷한 내용으로서 비교적 자세하게 말했다고 생각
되는 것으로 심인곤의 글을 소개한다.

학생들이 독서하는 데에는 두 가지가 있다. 하나는 의무 독서
요, 다른 하나는 취미 독서다.

전자는 개학이 주는 고통이요, 후자는 방학이 주는 쾌락이다.
낙제의 위협이 주야의 분별없이 교과서의 정독을 강요할 때에,
취미 독서는 남가일몽(南柯一夢)이다. 그러면 취미 독서는 무슨
방법으로 할 수 있을까? 위(魏)나라 동우(董遇)의 권고와 같이
삼여(三餘)를 활용하는 방법, 다시 말하면 시간 부스러기를 이
용하는 방법이다. 나사렛 예언자는 부스러기를 주우라고 명령
하셨다. 그렇기 때문에 유상무상(有象無象)을 막론하고 사람이
부스러기를 줍지 아니하면 홍재걸공(鴻才傑功)을 성취할 수 없
다. 황금 부스러기를 줍지 아니하면 부자가 될 수 없고, 나락 부
스러기를 줍지 아니하면 지주가 될 수 없는 것처럼, 시간 부스
러기를 줍지 아니하면 학자가 될 수 없다. 겨울은 1년의 시간
부스러기요, 우천(雨天)은 계절의 시간 부스러기요, 밤은 낮의
시간 부스러기요, 방학은 학기의 시간 부스러기다. 학생들이 이
와 같은 시간 부스러기를 이용하고 선용하면 한번 읽으려 했던
서적을 전부 독파할 수 있다. 공간(空間)은 서적의 3분의 1이

다. 그렇기 때문에 서적은 그 읽는 장소에 따라서 이해와 감상의 정도 차이가 있다. 산중에서 〈적벽부(赤壁賦)〉를 읊고, 방앗간에서 《정관정요(貞觀政要)》를 읽으면 이해가 곤란하고 감상이 천박한 것은 서적이 지리(地利)를 상실한 때문이다.

《양생주(養生主)》는 소나무 아래서 읽을 필요가 있고, 《추수(秋水)》는 해변에서 읽을 필요가 있으며, 《삼국유사》는 경주에서 읽을 필요가 있고, 《손자병법(孫子兵法)》은 38선에서, 《부국론》은 한국에서, 《인구론》은 일본에서 읽을 필요가 있다.

'한우충동(汗牛充棟)'의 고금(古今) 서적이 전부 낙양(洛陽)의 종잇값을 폭등시킨 것은 아니다. 백락(伯樂)이 말의 무리 중에서 천리마를 선택하는 것처럼, 학생은 여러 가지 책들 중에서 양서를 선택하여야 한다. 그러면 청년의 필독서가 무엇인가? 마음에 논리적 바탕이 있는 지성인은 금서(禁書)를 알면 양서를 추정할 수 있다. 그래서 나는 이 질문을 긍정으로 대답하지 아니하고 부정으로 대답하고자 한다. 그 가운데 하나로 음서(淫書)를 읽지 말라.

그 둘째로는 예외가 있지만 중국인과 인도인의 저서를 읽지 말라. 그 셋째로 사교음사(邪敎淫祠)의 이단 서류(書類)를 읽지 말라.

책을 읽을 때에는 '진신서부지무서(盡信書不知無書)'라 하는 맹자의 교훈을 명심할 것이다. 저술가의 과장성으로 말미암아 문자와 사실 사이에는 천양지차의 거리가 생긴다. 〈과진론(過秦論)〉을 읽어 보면 진시황은 걸주(桀紂)와 같고, 〈종수론(縱囚論)〉을 읽어 보면 당 태종은 요순(堯舜)과 같으며, 〈운한시(雲漢詩)〉를 보면 주(周)나라는 유민이 없는 것 같고, 〈무성편(武

成篇)〉을 보면 주(周) 무왕은 살인귀와 같다. 그런 고로 독서자(讀書者)는 문자로써 의미를 판단하지 말고, 의미로써 문자를 판단하여야 비로소 문자의 이익을 거두게 되겠다.

우리가 책을 읽을 때에는 '불구심해(不求甚解)'라 한 도연명의 명언을 기억해야 할 것이다. 저자의 의미는 간단하지만 독자의 해석은 구구하고, 저자의 용어는 평이하지만 독자의 해석은 난삽하다.

영국 시인 브라우닝이 밤에 런던 시가를 걸어가다가 브라우닝 연구소라는 간판이 붙은 집으로 들어갔다.

런던 문사들이 모여서 브라우닝의 저서를 연구하고 있었다. 그곳에서 브라우닝은 제제다사(濟濟多士)의 광인박증(廣引博證)과 고론탁설(高論卓說)을 듣고 있다가 일어나서 자기가 목적한 의의를 순순히 설명할 때에, 세칭 브라우닝 연구가들은 브라우닝을 사문난적(斯文亂賊)이라고 일제히 공격하였다. 수백 교파가 신구(新舊) 양약(兩約)에서 일어나게 되고, 8백 명이 《금강경》에 주소(註疏)를 쓰게 된 것은 문자의 심해(甚解)가 연출한 비극이다. 우리가 방학 중에 양서를 가지고 적당한 장소를 찾아가서 두 가지 낙(樂)의 지시를 따라서 글을 읽으면 미지의 나라를 점유할 수 있고, 사상의 동지를 발견할 수 있다. 문학의 은사(恩賜)가 이와 같으면 독서가 없는 보좌(寶座)는 폐리(弊履)같이 사절하겠다는 방언(放言)은 결코 빈말이 아니라고 부가한다.

4. 시간에 따른 독서

다음으로 하루에 어떤 시간이 가장 독서하기에 적합한 시간이 되느냐고 한다면, 그것은 각 사람마다의 사정에 따라서 다르다고 할 수 있는데 보편적으로 누구나 공통될 수 있는 시간은 아침에 집을 나서기 전의 한 시간 정도와, 저녁 식사를 마치고 나서 몇 시간이라고 할 수 있겠다. 아무래도 아침 일찍 일어나서 한 시간쯤 독서하는 것이 생리적으로나 시간적으로나 가장 효과가 있다는 것이 많은 사람들의 증언이기는 하다. 그러나 사람의 형편에 따라서는 그날의 일을 미리부터 생각하고 초조해하는 마음으로는 도저히 그 효과를 바랄 수가 없는 것이다. 이러고 보면 마음이 안정될 수 있는 독서의 시간은 역시 밤이 되지 않을 수 없다.

이렇게 우리는 독서하는 데 있어서 환경을 중요시하고, 환경에 맞도록 독서의 내용도 고려해야 한다. 그렇게 함으로써 최소의 노력으로 최대의 효과를 바랄 수 있기 때문이다.

제 11장 독서와 장서

만약 내가 가지고 있는 모든 물질을 버리지 않고서는 나의 생
명을 보전할 수 없다고 한다면, 나는 차라리 책 속에 파묻혀 죽
는 것이 행복하다.   — 키케로

독서와 장서(藏書)는 따로 생각할 수 없는 밀접한 관계가
있다. 누구나 책을 읽자면 책이 있어야 할 것이다. 그리고 책
을 많이 읽을수록 더욱 책이 많아질 것은 뻔한 일이다. 물론
자기 책이 아니고 남의 책을 빌려서 읽거나, 혹은 도서관으로
부지런히 다니면서 책을 읽을 수도 있다. 그러나 남의 책을
빌려서 읽는다는 것은 여러 가지로 제약을 받게 되므로 책을
읽는 맛을 알기 어렵다. 왜냐하면 자기의 책이 아니고서는 그
책에 대한 애착심도 적어지게 되고, 혹은 훗날에 인용하려고
준비해 둘 수도 없기 때문에, 책을 읽는 여러 가지 효용의 절
반은 감소되는 것이라고 생각할 수 있기 때문이다. 읽고 싶은
책을 내 것으로 하는 사람에게는 필연적으로 책이 모일 것이
다. 이렇게 책을 모으는 것을 우리는 장서라고 부른다.
  장서를 하는 사람은 당장 읽어야 할 책만을 모아들이는 것
은 아니다. 우리는 흔히 금방 읽지도 않을 책을 왜 사들이느

냐는 말을 듣게 된다. 그러나 생각하면 이것도 하나의 도락(道樂)이라고 할 수 있을 만큼 당장에 이로움이 있는 것도 아닌 것을 뻔히 알면서 그렇게 하지 않고서는 견딜 수 없다는 사람을 본다.

이런 것을 우리는 애서취미(愛書趣味)[57]라고 부른다. 이것도 정도가 지나치면 책을 구하기 위해서 자기의 사랑하는 아내를 바친 사람도 있고, 또 그런가 하면 어떤 특정한 책을 소유하려고 살인까지 한 일이 있기도 하다.[58]

이렇게 지나치게까지 책을 모으지는 않는다고 하더라도 책을 즐겨 읽는 사람에게는 책이 모이게 마련인데, 어느 정

---

57) 일반 독서인과 달리 저자의 원고 · 초판본 · 절판된 책, 저자의 서명이 들어 있는 책, 호화본 · 한정판 등을 수집하는 것을 취미로 하는 사람을 말한다.

58) 명(明)나라의 진사 벼슬을 한 주대소(朱大昭)라는 사람이 있었다. 그는 이른바 애서 취미가로서 벼슬도 그만두고 독서에 열중하면서 《송간서(宋刊書)》를 구하고 있었는데, 어느 날 후한기라는 《송간서》를 가지고 있는 사람을 알게 되어 그것을 양도해 달라고 여러 차례 청해 보았다. 그러나 그 책을 가진 사람은 돈을 준대도 싫다고 하고, 물건을 준다 해도 듣지를 않아 마침내 애첩과 교환하기로 했다 한다. 이렇게 《송간서》 때문에 희생이 된 여자는 벽에다 다음과 같은 뜻의 시를 써 놓고 집을 나갔다. "이번 책을 대신해서 마음에도 없이 이 집을 떠나지 않으면 안 되게 되었다. 옛날 애첩을 말과 바꿨다는 이야기에 비하면 좀 나은 편이다. 그러나 언제고 다시 만나게 되어도 결코 후회하지 말지어다." 이 시를 본 주대소는 상심 끝에 병을 앓다 얼마 후에 죽고 말았다. 서양에도 지나친 책의 소유욕으로 인해서 살인까지 한 예가 있다. 1482년 스페인에서 최초의 인쇄업자가 인쇄한, 세계에 둘도 없는 희귀서를 어떤 변호사가 비장(秘藏)하고 있었으나 그가 사망하자 그 책을 경매에 입찰하였는데, 얼마 많지도 않은 금액의 차이로 상인에게 빼앗기고 말았다. 이때 빈센트의 노기는 하늘을 찌를 듯하였다. 그런 얼마 후에 책을 산 상인은 원인 모를 화재를 당하여 타죽고 말았는데, 그 희귀서가 빈센트의 집에서 발견되어 마침내 빈센트는 사형을 받게 되었다.

도 책이 쌓이면 이것을 잘 정리해 주어야 할 것은 다시 말할 것도 없을 뿐만 아니라 한 걸음 더 나아가서는 그 책들을 잘 이용할 수 있어야 할 것이다. 대체로 책을 사들이는 사람을 세 가지로 분류해서 말한다면,

첫째는 독서를 좋아하되 남의 책을 읽는 것보다 자기 것이면 언제나 마음 내킬 때 읽을 수 있다는 것이요,

둘째는 책을 하나의 재산으로 생각해서 필요한 때는 본전 이상의 돈을 받을 수 있으리라는 것이며,

셋째는 앞에서 말한 바와 같이 그저 하나의 도락으로 알고 책을 사들이는 것이라고 볼 수 있다. 그러나 대부분 첫째 이유로 인해서 책을 사는 것이라고 보아야 할 것이다. 이것도 오늘날 우리들의 형편으로는 뜻대로 책을 살만한 경제력이 있는가에 따라 문제가 된다. 그러나 공부하는 사람에게는 책이 무기와 다름없기 때문에 끼니를 굶어가면서라도 필요한 책을 사지 않고서는 견디지 못하는 것이다. 이렇게 무리를 하면서 책을 사들인다 해도 만족할 만큼 장서를 가지고 있는 사람은 또 드물다. 따라서 어느 정도로 책을 가지고 있는 사람이라도 때에 따라서는 남의 책을 빌려 보려 하는 것은 경제력 때문만이 아니다. 아무리 돈을 주어도 구할 수 없는 귀한 책을 보아야 할 일도 있을 것이다.

이렇게 해서 내가 남에게 책을 빌려 주기도 하고, 또 남의 책을 빌려 보기도 한다는 것은 경제적으로도 좋은 일이라 할 수 있지만, 이때 서로가 책을 귀중하게 취급해서 될 수 있는 대로 빨리 보고 돌려주어야 할 것이다. 그러나 상당히 교양이 있는 사람들 사이에서도 이것이 그렇게 되지 않고 있는

사례를 많이 본다.

세간에는 "남에게 책을 빌려 주는 것도 바보요, 남에게 책을 빌리고 도로 돌려주는 것은 더욱 바보"라고 하는 말이 있다. 사실은 책을 빌리는 데 이렇게 곡해(曲解)를 하고 있어서 그런지 웬만큼 친한 사이에도 책만은 빌릴 수가 없다고 하는 사람이 많다.

오히려 이상로는 책을 빌린다는 것은 원망스러움의 시초라는 뜻의 글을 써 그 사유를 잘 나타내고 있다.

물론 세상에 나뿐만은 아니리라. 하지만 어쨌든 나는 내가 소장하고 있는 서(書)라고 하면 그것이 비록 한 권의 팜플렛이고, 리플렛 정도의 것이라도 남에게 빌려 주기를 싫어하는 성질의 소유자이다. 물론 책이란 진본·희서만이 귀중한 것이라고는 못하리라. 혹자는 읽지도 않으면서 일종의 장서를 위한 장서의 수집 버릇으로 여기는 부류의 사람이 있을지도 모른다. 그런데 단순히 장서가라고 할지라도 그 장서란 일면 취미성을 띤 것이지 단순한 책도락이거나, 혹은 후일의 영리 재산을 위주로 수집·소장하는 편은 없으리라. 대개는 독서를 위한 서적의 입수는 연구를 위한 문헌의 소유에서일 것이다. 그러면 나의 장서란 무슨 그다지 독서를 많이 해서 막대한 책이 있는 것도, 또는 연구를 하느라고 진본·희서의 문헌이 있는 것은 아예 아니다. 그것은 겸손을 떨기 위한 겸손이 아니다. '주섬글'을 하는 동안 잡서 중심으로 몇 권의 책이 있을 뿐이니 아직도 이를테면 그 서생의 영역에 미치지 못할 정도이다.

그러나 알아볼 정도의 서재이다. 그런데 해방 후만 해도 나는 대서(貸書)로 인하여 잃은 책이 허다하다. 친한 처지에 긴히 참고해야겠으니 잠깐 빌려 달라는 경우, 차마 안 된다는 말이 안 나와서 실은 속이 덜 좋으면서도 좋은 약속을 하고 빌려 가곤 훗날 몇 번의 채근을 하여도 기어이 돌려주지 않는다.

이러한 대서의 경우는 흔한 예로 누구나 책 가진 사람의 경험일 것이다. 하기는 "책을 빌려다가 못 읽는 것도 바보요, 빌려주는 것도 바보, 되돌려주는 것도 바보"라는 말이 있다지만 책에 대해서는 묘한 버릇이 있나보다. 심지어 남의 책을 빌려가고는 돌려보내 주지 않는 것이 보통인 것처럼 여기기까지 하는 편이다. 실상 후에 알고 보면 그다지 당장에 긴히 필요치도 않은 것을 고약한 욕심에서(결국은 떼어먹을 작정으로) 빌려 가는 자도 있다. 이것이 책 이외의 물품이라면 한층 엄격히 말하여 일종의 도적이요, 사기 수단으로 욕하리라. 그렇건만 책에 있어서는 오히려 그것이 근사한 짓처럼 여기는 경향이 없지 않다. 나도 할 수 없을 때 남의 책을 빌려다 보았다. 그래도 내 딴에는 긴한 필요에서 남의 책을 빌려 읽을 때, 그 책을 더럽힐까 겉표지를 새로 씌우고 땀나는 손으로 넘기지 않도록 조심해서 보고 약속한 날에 돌려주었다고 생각한다.(중략)

정작 주인에게는 미리 일언반구의 말도 없이 사람을 몇씩 끌고 와서 남의 서재에서 법석을 떠는 실례란 세칭 문인으로서 이런 사리의 전후도 가리지 못하는 실태에는 아연하지 않을 수 없다. 여하간 대서는 대서(懟緖)이다. 나는 그 후 좀 완곡한 뜻으로서 '대서의 금지'를 말하기 위해서 그 대서의 음에 맞추어 대서는 대서라고 서가에 써 붙였던 것이다.

이 글에서 소위 장서 목적이 도락으로 하는 것을 부정하는 듯하였으나 실상 따지고 보면 외국에서는 이와 같이 도락으로서 장서를 하는 사람을 참으로 책을 좋아하는 사람들로 보는 경향이 있다. 그뿐 아니라 대체로 책을 수집하는 사람들의 심리를 따지고 보면, 그 대부분이 남이 가지고 있지 않는 진기한 책을 가지고 있다는 사실에 기뻐하고 있는 것을 보아도 그 책이 반드시 자기가 읽고자 해서 사는 것이 아니라는 것을 알 수 있을 것이다. 그 밖에는 책을 빌려 주는 것이 나중에 가서는 서로 원망스러운 결과를 맺게 된다는 뜻에서인지 대서(貸書)는 대서라고 하는 글귀를 책장에 써 붙였다는 것은 책을 아끼고 사랑하는 사람의 심정을 아낌없이 나타내고 있다 할 것이다.

위에서 책을 그저 도락삼아 모을 수도 있다는 약간의 설명을 했는데, 읽기 위해 책을 모으는 애서가를 우리는 얼마든지 알고 그 대표적인 사람이 나폴레옹[59]을 들 것이다. 나폴

---

59) Napoleon(1769~1821) 프랑스의 황제. 프랑스의 파리 육군사관학교를 졸업하고 군인이 되었다. 근대의 전쟁 사상은 모두 나폴레옹에서 비롯하여, 그를 일찍이 전쟁의 신이라고 평하였다. 그는 전략 · 전술의 천재로서 보병 · 기병 · 포병의 종합 작전을 창안하였다. 그러나 그는 전략가일 뿐 아니라 행정관으로서도 그 역량을 유감없이 발휘하였다. 그가 제정한 나폴레옹 법전은 지금의 프랑스 법전의 근간을 이루고 있다는 사실이 이를 증명한다. 그가 무서운 독서가라는 것은 본문에서 말했거니와, 아무리 격전이 벌어지는 때라 하더라도 진중문고를 즐겨 찾았다. 그는 어느 날 진중문고를 관리하는 부하에게 "나는 진중문고의 준비가 되었는가 알고 싶다. 그대는 세심한 주의를 더해 책의 선택에 임할 것이며, 훌륭한 책을 갖추기 바라노라"고 하는 편지를 보냈다는 기록이 있다. 1821년에 사망했는데, 세인트 헬레나에서 유형 중에 읽은 책만 해도 무려 8천 권이 넘는다고 한다.

레옹이라면 흔히 명장으로 알 것이다. 그러나 그는 비단 명장일 뿐 아니라 애서가요, 장서가로도 세계에서 손꼽힌다. 일찍부터 루소를 읽고, 마키아벨리를 읽은 그는 언제나 진중(陣中)에다 도서관을 만들어 가지고 이동했다고 하며, 소위 진중문고를 만들었는데, 미술·과학·여행기·역사·문학 등을 수집하여 1808년 스페인을 공격할 때는 1천 종이 넘었다고 하니 놀라운 일이다. 이렇게 진중문고를 두고 그는 매일 적어도 20권 이상의 소설을 비롯한 여러 방면의 책을 보았다고 하는 기록이 있다. 그리고 그는 독서와 장서는 밀접한 관계가 있다고까지 말했다. 진중에까지 문고를 두고, 다시 말하면 싸움터에까지라도 장서를 하고 그리고 그토록 격전을 하는 가운데서도 하루에 20권이라는 많은 책을 보았다고 하는 것은 장서가 독서의 기운을 북돋은 것이라고 생각되는 단적인 예라고 볼 수 있다. 정녕, 장서를 하면 자연 책을 읽게 된다는 것은 많은 이론보다도 실제의 경험에서 더욱 잘 알 수 있다. 누구나 일정한 분량의 책을 서가에 꽂아 두고 때때로 그 책을 쳐다보다가 생각이 나는 대로 책의 제호(題號)를 들여다보거나, 손 가는대로 목차나 서문[60]을 훑어보다가 생각지도 않았던 필요한 대목을 발견하고, 그것이 그 책을

---

60) 서문에는 저자 자신이 쓴 자서와 타인이 쓴 타서(他序)가 있다. 자서는 저자가 그 책을 쓴 동기, 그 책을 쓰는 방침, 독자에의 희망, 그리고 책을 출판하기까지의 음으로 양으로 원조를 해준 사람들에게 보내는 사의를 표명해 놓은 것이 보통이다. 타서는 그 책의 저자나 발행인의 친구나 선배 혹은 스승이 그 책의 출판에 즈음해서 단평을 적어 그 책을 읽는 사람에게 이해를 돕고 나아가서는 책의 가치를 높여 주는 것이다. 그러므로 서문은 자서이거나 타서를 불문하고 그 책의 줄거리를 아는 데 매우 편리한 것이다.

읽어야 할 계기를 만들어 주는 수가 많다. 그뿐만 아니라 장서는 보물을 언제나 보고 만질 수 있는 것이요, 남의 책을 빌려 보는 것은 보물을 쇼윈도를 통해서 쳐다보는 것과도 같다. 우리는 될 수 있는 대로 독서와 장서를 함께 힘써야 하겠다.

제12장 독서와 치료

독서의 미덕은 정신적인 경작(耕作)이라는 데 있다. 그것은
정신적인 수목(樹木)을 닮아서 몇 년 또는 몇 세대고 이어져서
해마다 새로운 잎을 낳고, 그 잎 하나하나가 부적처럼 기적을
행하는 힘이 있다. 왜냐하면 그것은 사람을 설득시킬 수 있기
때문이다.
— 칼라일

독서를 통해서 병을 치료할 수도 있다. 우리들은 이것을
독서 요법이라고 부르는데, 원래 이 말은 의학적인 용어로서
'Bibliotherapie'를 번역한 것이다. 즉 'Biblio'가 '도서' 또
는 '성서' 요, 'therapie'가 '치료'라는 뜻이 되므로, 책으로
치료한다는 말로 해석할 수 있다. 현대 의학에서 환자에게
수술의 필요 없이 말이나 그 밖의 수단으로 병을 고쳐주는
방법이 연구되어 온 지는 오래다. 다시 말하면, 병에 따라서
는 이른바 카운셀링만으로 고칠 수가 있다는 것이다. 카운셀
링이란 의사와 환자와의 대화를 통해서 어떤 한쪽이 다른 한
쪽에게 문제 해결을 위해 도움말을 주는 것으로, 의사가 환
자에게 병을 고칠 수 있도록 도움말을 주어 치료가 가능한
것과 같이 환자에게 독서를 권유함으로써 병이 고쳐질 수 있

다. 이것이 독서 치료이다.

 이와 같은 독서의 정신 요법이 하나의 기술로 발달한 것은 미국인데, 그것은 미국 사회의 특이함과 다양한 문화가 혼재하는 데서 비롯한 것으로 알려지고 있다.

 그 첫째는 종교적인 요인에 있었다. 갈프 아르만스르가 카이로에 세운 병원에서 내과와 외과의 치료에 곁들여서 환자들에게 이슬람교의 경전인 《코란》을 읽어 주어 병을 고친 경험이 있다고 한다. 19세기에 미국이나 영국에서도 병원에서 《성경》과 그 밖의 종교 서적을 환자들에게 읽히고 있었다. 그것이 어느덧 종교나 도덕에 관한 책에 한정되지 않고 오락에 관한 책도 읽히게 되었고, 이 때문에 1840년대에는 환자를 위한 병원 도서관이 설치되었다.

 둘째는 전쟁의 영향이었다. 1차 세계대전으로 육군 병원이 발달하고, 적십자나 구세군의 국제적인 조직으로 환자들을 위한 도서관 봉사가 실효를 거두었다. 이것을 경험으로 해서 2차대전이 일어나자 더욱 발달되어 마침내 독서 요법의 기초가 굳어지게 되었다.

 셋째는 정신 의학이나 심리학의 급격한 발달로 병원 도서관이나 독서 요법의 이론과 실제에 체계를 세울 수 있게 되었다.

 이렇게 해서 미국에서는 병원 도서관이 매우 발달해서 환자에의 봉사가 활발해져 도서관 봉사의 일반적인 운영에 크게 반영됨과 동시에, 오늘날 미국 도서관은 미국 문화의 하나의 상징이라 해도 지나치다고 할 수 없을 정도로, 도서관에서 사서는 독서 요법을 터득한 전문 요법을 행하는 한 사람으로도 제구실을 다하도록 요구되고 있다. 특히 병원 도서관에서는 더욱 그러하다.

따라서 이 방면의 연구도 활발한데, 미국에서만 1900년에서 1958년까지 사이에 발표된 독서 요법에 관한 논문만도 601편이나 되는데 그 내용은 다음과 같다.

- 환자에 대한 봉사 120
- 독서의 치료적 가치 94
- 독서 요법의 조사 · 연구 27
- 카운셀링의 기술로써의 독서
- 도서 선택 55
- 병원 도서관의 필요성과 가치 50
- 병원 도서관에 관한 목적 · 기준 12
- 병원 도서관 관리 21
- 병원 도서관 사서 자격 35
- 참고 문헌 19
- 기타 17

이와 같은 연구는 결국 도서를 통해서 환자들의 병을 효과적으로 치료하겠다는 것인데, 그렇게 하려면 무엇보다 중요한 것은 도서의 선택일 것이다. 환자에 따라 제각기 적합한 내용의 책을 골라 읽도록 하는 데서 병을 치료하는 데 효과가 달라지기 때문이다. 이는 마치 병에 따라서 그 병에 적합한 약을 주는 것과 같은 일이 될 것이기 때문이다.

이에 대하여 각기 다른 내용의 적합한 책을 선택해서 읽혀야 하는데, 그러자면 다음과 같은 선택 목표를 생각해야 한다는 것이다.

① 각기 자기의 문제점이 무엇인가를 알도록 일깨워서 그 것에 적응하도록 하는 동기를 만들어 줄 수 있는 내용, 다시 말해서 자기와 비슷한 내용의 문제를 안고 있는 사람의 이야 기를 읽게 함으로써 책의 내용과 자기가 같은 것처럼 이끌어 간다.

② 문제의 해결에 필요한 정보를 제공한다. 다시 말하면 자기에게 어떤 문제가 있다고 인정은 하지만, 그것을 해결하 고자 생각은 해도 그 방법을 몰라서 고민하는 사람이 있다. 그런데 이들을 그냥 놓아두면 욕구 불만이 일어나고 그것이 지나치면 보다 큰 문제를 일으킬 수 있다. 이럴 때 그가 안고 있는 문제를 해결할 수 있는 방법이 제시된 내용의 정보를 준다면 자기 스스로 문제를 해결해나갈 수 있어 자존심도 상 하지 않으면서 문제가 해결될 수 있을 것이다.

③ 바른 가치 판단의 기준을 나타내는 내용을 알려 준다. 아무리 문제해결이 급하다고 하더라도 바른 가치 기준에서 벗어나는 방법이어서는 안 된다.

④ 금지되고 있는 욕구의 충족은 간접적인 방법으로 이루 어져야 한다. 모든 문제 해결 방법이란 그것을 직접적인 방 법과 간접적인 방법으로 해결하는데, 세상에서 용납되지 않 는 일이면 되도록 손대지 않는 것이 좋으나 부득이 꼭 해결 해야 할 일이면 간접적으로 풀어나가는 것이 좋을 것이다. 더욱이 그것이 관념적인 것이면 비슷한 경험을 한 사람의 이 야기가 담긴 책을 읽고 대신 체험할 수가 있을 것이다.

이상으로 간략하나마 독서 요법의 대강을 알게 되었거니 와, 요컨대 책을 통해서 병을 고칠 수 있다는 결론을 내릴 수가 있다. 사실은 사람의 육체적인 병도 따지고 보면 정신적인 원인에서 비롯되는 수가 많다. 그렇다면 어떤 병은 그 원인이 정신적인 데서부터 시작되었다고 할 수 있기 때문에, 그 치료는 근원을 따져서 정신 문제부터 고쳐야 할 것이다. 그렇게 하지 않고 겉으로 드러난 육체적인 부분만을 치료하려고 한다면 언제까지나 완전한 치료는 불가능한 일이다. 이런 원천적인 문제를 바로 꿰뚫어 해답을 찾은 것이 바로 독서 치료 방법이라고 할 수 있다. 사람은 빵으로 살 수 없다. 정신적인 만족 없이 산다는 것은 동물이나 다를 바 없다. 따라서 우리는 사람으로서의 생활을 누리기 위해서 정신적인 영양소를 찾아 독서를 해야 한다고 강조하는데, 이것이 결코 헛된 말이 아니라는 것을 증명할 수 있는 것이 바로 병을 독서로 고칠 수 있다는 사실이다. 우리가 흔히 정신 요법이라고 하는 말을 듣게 되는데, 이때 일반적으로는 환자에게 정신적인 치료를 하는 의사가 개입하는 것이 보통이지만, 그렇게 되었을 때 환자가 거부 반응을 보이는 수가 있을 수 있다. 그렇지만, 의사가 하고 싶은 말을 독서를 통해서 할 수 있다면, 이것은 환자가 자의(自意)로 문제를 해결한다는 효과를 노릴 수도 있다.

여론을 환기하는 3대 방법은 영화와 라디오와 인쇄기의 이용이라고 말할 수 있다. 이 3가지 중에서 우리가 가장 흔히 사용할 수 있는 것의 하나가 인쇄기다. 세계 역사를 통해 보면 하느님께서는 인쇄하는 방법으로 그의 기별(奇別)을 그의 백성에게 영원히 전하여지게 하셨다. 말로 전한 기별은 얼마 되지 아니하여 잃어버리게 되나, 기록한 것은 여러 번

거듭거듭 연구하고 읽을 수 있는 것이다. 어떤 사람은 이렇게 말하였다. 인쇄물은 각처에 갈 수 있다. 이것은 우리가 갈 수 없는 많은 곳에도 갈 수 있다. 이것은 공포를 알지 못하고 결코 피로하지도 않으며, 인쇄기로 말미암아 얼마든지 번식할 수 있고 경비를 얼마 안 들이고 여행할 수 있으며, 그 내용을 알리기 위하여 공중 집회실이 요구되지 않는다.

이것은 부엌이나 객실이나 상점이나 공장이나 기차 안에서도 말할 수 있다. 어떤 사람이라도 성급한 말소리로 이것을 배반할 수 없다.

이것은 결코 싸우지 않으며 성내지 않으며 말대답하지 않는다. 이것은 할 말만 하고 여러 번 거듭거듭 말할 수 있다.

인쇄물은 남녀들이 조용히 암흑과 사망의 그늘에 앉아 있는 가정으로 갈 수 있다. 이것은 많은 사람에게 듣고 살게 되는 유일한 기회를 주는 것이다. 소책자, 서적, 잡지들 —— 이 무언의 사자(使者)들은 우리가 자는 동안에도 우리가 죽은 후에도 일을 계속할 것이다. 인쇄된 문자처럼 그렇게 힘 있는 영향을 끼치는 것은 없다. 어떤 사람은 말하기를 한 방울의 잉크는 만인을 사고케 한다고 하였다. 실로 좋은 사상을 잘 표현한 글은 흔히 저자가 볼 수 없는 다수의 사람에게 감화의 원천이 되는 것이다. 기록된 문자의 영향은 말보다 매우 광범한 것이다. 입으로 말한 기별은 수천 명에게 영향을 끼치나 기록한 기별은 수백만 명에게 영향을 끼친다. 그래서 리튼은 "펜은 칼보다 강하다"고 하였다.

이것은 책의 효능을 설명한 것으로 이 말은 책을 통해서 정신적인 문제 해결을 꾀하는 데 있어서 여러 가지 가르침을 은연중 나타내고 있다. 특히 하느님의 사업을 인쇄를 통해서 펴나갈 수 있다고 하는 것과, 한 방울의 잉크가 수만 명의 사람들에게 생각을 강요한다는 것과 그리고 끝에 가서 펜은 칼보다 강하다고 한 것은, 책은 약보다 강한 면이 있어 약으로 고칠 수 없는 병을 독서로 치료할 수 있다고 하는 말과 바꿔서 생각할 수 있을 것이다.

　이렇게 본다면 독서와 치료와의 관계는 그것이 정신적 치료로서 효과를 볼 수 있는 것일 때에는 거의 절대적인 효능이 있다고 할 수 있을 것이다.

제 13장 독서에 관한 단상

1. 고전을 많이 읽자

독서의 공리적(功利的)인 효과에 대해서는 여러 가지 명언이 있지만, 다음과 같은 서머셋 몸의 말이 특히 감명깊다.

"독서하는 사람이 즐기는 특징은 그것이 노년에 가서도 즐길 수 있는 좋은 정신적 스포츠라는 점이다. 인생이란 어느 고비를 지나면 이따금 혼자서도 즐길 수 있는 취미를 필요로 하는 때가 온다."

독서를 스포츠에 비할 수 있다면 스포츠란 노인이 되어서보다도 젊어서 더욱 열중해야 할 것이다.

일상생활에 필요해서건, 직책상의 필요에서건 그 일을 잘 해나가려면 먼저 그 일에 대한 풍부한 지식이 있어야 할 것이다. 바르게 살기 위해서 잘살기 위해서도 먼저 그 방법을 알아야 할 것이다. 독서의 중요성은 바로 이런 데서 더 절실하게 느껴야 한다. 그렇다면 어떤 책을 읽어야 하는가 하는 문제에 부딪치게 된다.

이에 대해서 일찍이 쇼펜하우어는 이렇게 말했다.

"좋은 책을 읽기 위해서는 나쁜 책을 읽지 않는 것이 중요하다. 그러기 위해서 일시적으로 인기 있는 책에 함부로 손대지 말아야 한다. 바보스러운 독자들을 위해서 책을 쓰는 저자들이 흔히 많은 독자들을 지니고 있다는 사실을 깨달을 필요가 있다."

이를 쉽게 말하자면 유행에 따라서 책을 고르지 말라는 말이다.

그보다 에머슨은 책이 출판되고 1년이 지나지 않은 책, 좋은 책으로 평가되지 않은 책은 읽지 말라고 했다. 인생은 짧고 읽을 책은 많기 때문이라는 것이다.

좋은 책을 읽는다는 것은 과거의 가장 훌륭한 사람과 담론(談論)하는 것과 같거나 좋은 책을 읽으면 3천 년도 더 사는 것 같은 생각이 든다고 하는 선현(先賢)들의 말이 의미하는 그 좋은 책이란 모두가 많은 사람들로부터 한결같이 칭찬을 받고 있는 고전과 같은 책이 될 것이다. 우리가 독서에 있어 고전을 읽어야 하는 이유는 모든 일에 원칙을 알고 예의를 알아야 하는 것과도 같다. 인간생활의 원칙을 알려 주는 것이 고전이라면, 예의가 그 밖의 책들이라고 해도 좋을 것이다. 물론 독서하는 사람의 환경이나 능력에 따라서 책의 내용을 달리해야 할 경우도 있겠는데 그것 역시 그 사람이 꼭 알아야 할 문제를 바로 알려 주는 내용이어야 하기 때문에 더욱 그러하다. 독서로 필요한 지식을 고루 무장한 국민이 많을수록 그 나라는 부강한 나라로 발전한다. 때문에 중세 이래로 서구선진국에서는 갖가지 방법으로 국민독서운동을 전개했다. 그 결과 노동자들의 술마시는 것을 줄일 수 있었고, 많은 청소년들의 타락과 범죄를 감소시켰고, 이에 따라 예방경찰비용을 절감할 수 있었다는 보고가 있다. 이렇게 보면 독서란 문화복지국가 건설에도 큰 몫을 차지한다는 것을 알 수 있다. 독서는 곧 국력이라는 말이 된다.

2. 소중한 정신적 자각

인간의 품격은 그가 읽은 책으로 판단할 수 있다는 것은 마치 그가 사귀는 친구로 판단할 수 있다는 것과 같다.

– 스마일즈 –

내가 처음 책이라는 것과 만난 것은 서당(書堂)에서의 《천자문(千字文)》이었다. 처음에는 글자를 읽기 위해서 무서운 훈장의 회초리를 의식하면서 문장(그것이 사언시(四言詩) 2백 50수(首)라는 것을 알 리가 없었지만) 네 글자가 무엇을 뜻하는지조차 모르면서 그저 한자를 외우면 그만인 글공부를 되풀이했다.

그러던 얼마 뒤에 '학우등사(學優登仕)' '섭직종정(攝織從政)'이라는 대목을 배우다가 문득 글공부를 다부지게 해볼 생각이 들었던 것 같다. 그때부터 나는 오늘에 이르기까지 책과 가까이하는 생활을 계속하고 있는 것을 돌이켜보면 책이 사람의 일생을 좌우하는데 크게 작용하는 것이라 생각한다. 그러나 내가 고전과 처음 만난 것은 훨씬 뒤의 일이다.

고전이란 많은 지식인들이 오랜 세월에 걸쳐서 한결같이

제1급의 책이라고 칭찬하는 책이라면 동양의 《사서삼경(四書三經)》도 당연히 꼽아야 하겠지만, 어릴 때 나는 그런 고전을 뜻도 모르고 그저 표지를 만지작거렸을 뿐 자의로 읽어야 겠다고 생각한 것은 아니었다. 일제시대의 일이다. 서울 어떤 고서점에서 뒤표지가 떨어진 일역판(日譯版) 몽테뉴 《수상록(隨想錄)》 한 권을 손에 들었다. 어떤 책에서 그 책이 가치 있는 고전이라는 구절을 읽은 적이 있었다. 여러 권이 한 질인데 첫권이었다. 우선 차례를 대충 보고 나서 해설을 읽어 보니 한 번 읽고 싶은 생각이 들었다. 그때 2,3일 동안의 점심값을 주고 완전치도 않은 헌책 한 권을 샀다. 그것이 나와 고전과의 첫 만남이었다. 문장이 딱딱하고 어려웠으나 이 고전은 나에게 큰 충격을 주었다. 무엇보다도 자신의 초상화에 새겼다는 '나는 무엇을 아는가?' 라는 말이 인상적이었다. 6살 때 서당공부로부터 시작해서 남들이 부러워하는 서울에서도 좋은 중학에서 공부할 수 있었던 시골 태생의 나는 중학교도 졸업하기 전에 벌써 세상 일을 다 안 것 같은 착각을 하고 있었다.

그런데 이 수상록에서 '나는 무엇을 아는가?' 라는 글을 읽고 나니 그때까지의 생각이 허무맹랑한 것임을 깨닫게 되어 스스로 부끄러움을 감출 수가 없었다. 그때의 충격 그것은 지금도 무엇인가 알고 있다고 생각하다가도 이따금 그때의 일을 회상하면 '나는 실은 아무것도 아는 것이 없어, 내가 아는 것은 아무것도 아니야, 나보다 많이 아는 사람들이 세상에는 얼마든지 있어' 하는 생각에 사로잡혀 몹시 괴로워했다. 이 말은 나를 평생토록 괴롭히고 있는 셈이다.

그러나 나는 이 《수상록》에서 첫째, 비록 물질적으로는 가난하지만 정신적으로 풍요로운 생활을 하는 방법을 배웠고, 둘째 어려운 일을 당해도 그것을 이겨나가는 슬기를 배울 수 있었고, 셋째 글을 쓴다는 것이 얼마나 보람 있는 일인가를 알게 되었다.

이 《수상록》을 쓴 몽테뉴는 1533년 프랑스에서 태어났지만 꼭 4백년 뒤에 나에게 일생을 살아가는 이정표를 남겨 준 결과가 되었다.

이 책 첫머리에 그는 "독자들이여! 이것은 거짓이 없는 진실로 정직한 책이다" 라고 호소한 바 있다.

이 책은 그만큼 붓끝으로만 되는 대로 쓴 책도 말재간이나 글재간을 부린 저술도 아닌 진실한 저자의 사상이 나타나 있는 세계 최초의 본격적인 수필집이다.

3. 독서는 사람답게 사는 방법

책을 읽는다는 것은 단순히 지식을 얻거나 정보를 알기 위해서만은 아니다.

원래 책을 쓰게 된 동기는 나라의 제사를 드리는 방법을 기록해 두자는 데 있었다고 한다. 그러니까 해마다 치르는 나라의 제사와 제상을 어떻게 차리고 어떤 절차를 치르느냐 하는 것을, 그것을 담당하는 사람이 바뀌어도 한치의 차질이 없이 그대로 치러지게 하기 위해서 기록을 전하게 된 것이라는 말이다. 그러니까 그것을 전해받은 사람이나 그것을 읽는 사람들은 마치 제사를 치르듯이 엄숙한 마음이었을 것이다.

그 다음에 또 책이나 기록이 꼭 필요했던 것은 종교의 전승을 위해 경전을 널리 전하려 했기 때문이었다.

부처님의 가르침이나 하나님의 말씀을 널리 그리고 오래도록 많은 신자들에게 전달하는 방법으로 기록이나 책을 전해 주려는 것이었다.

이렇게 본다면 책이란 원래가 아무렇게나 취급할 수도 없거니와 건성건성 읽어버릴 수도 없는 거라는 사실을 알 수 있다. 우리 나라에서도 전통적으로 책을 마구 취급하는 사람은 제 아버지를 아무렇게나 대하는 사람과 같이 버릇없는 사람이라고 했다. 책은 영원한 스승이라는 생각에서 책을 스승과 같이 대했다. 책을 읽으려면 손을 깨끗하게 씻고, 마음을 가다듬어서 읽어야 한다고 했다. 사실 이같은 생각은 스님이나 목사님들이 경전을 읽을 때 누가 시켜서가 아니라 그렇게 하지 않고서는 못 배긴다. 이때 책은 다만 지식을 위해서가 아니라 오히려 수도를 위해서 읽는다고 해야 할 것이다. 그렇다. 이렇게 책을 읽을 때 우리들의 독서하는 자세는 달라질 것이다.

우선 책은 우리들이 모르는 것을 가르쳐주기에 스승임에 틀림없다. 우리가 스승을 존경하지 않고서는 아무리 공부를 해도 인격적으로 감화되거나 수양을 쌓기는 어렵다. 그러므로 우리는 책을 읽기에 앞서 책을 대하는 마음가짐부터 반성을 해야 한다.

보통은 젊어서 한때 아무런 의식이 없이 닥치는 대로 마구 읽는다. 사실은 이때가 중요한 시기인데 말이다. 누구나 한

평생을 돌이켜볼 때 한 권의 책이 그 사람에게 많은 영향을 주어 전환점을 만들어 주는 수가 있다. 바로 그때 어떤 의식 있는 독서를 했다면 그 사람이 의식한 방향으로 좋게 발전했을 것이다. 그러지 않고 되는 대로 책을 읽다가 어떤 책에서 크게 감명을 받고서 인생의 방향을 잡았다면, 그것은 제 뜻대로의 방향이 아니라 어쩌다가 그렇게 된 다른 사람이 만들어 준 인생 방향이 되는 셈이다. 사실은 나도 내 뜻대로의 인생이 아닐지도 모른다는 생각이 들기에 더욱 그렇다.

나는 아주 어렸을 때 시골에서 서당에 다녔는데 처음 배운 《천자문》에서 학문을 열심히 하면 벼슬길에 나설 수가 있다는 가르침에 접했다. 그것이 '학우등사(學優登仕)'이라는 네 글자의 풀이였다. 이때 나는 '옳지, 나도 공부를 해서 벼슬길에 나서야겠다'는 생각을 했다. 그러다 중학교에서 몽테뉴의 《수상록》을 뜻도 잘 모르면서 억지로 읽고 나니까 그게 아니라는 생각이 들었다. 세계 수필의 아버지라는 몽테뉴가 《수상록》을 쓰게 된 동기가 다름 아닌 벼슬길에서 쫓겨나 하릴없이 답답한 생활을 하면서 기록한 책이라는 사실을 알게 되었기 때문이었다. 그러나 중학교를 졸업한 다음 뜻밖에도 일본의 쇠사슬에서 풀려나 우리 나라가 해방이 되었다. 나는 다시 큰 뜻을 품고 정치가를 꿈꾸게 되었다. 그런데 또 한 번 큰 좌절을 맛보고서는 뜻을 바꿔서 변호사가 되려고 법률공부를 했는데, 이것도 6·25 사변으로 군대에 들어가게 되어 뜻을 이루지 못하게 되었다.

이렇게 몇 번을 인생의 방향을 바꾸는 바람에 나는 독서를 체계 있게 할 수가 없었다. 나는 자주 자식들에게 내가 만약에 환경이 좋아서 내가 뜻한 대로의 인생 설계를 세우고 그에 맞는 독서를 꾸준히 할 수만 있었다면 오늘의 내가 아닌 훌륭한 사람이 될 수 있었을 것이라고 말한다. 나는 젊은 청춘을 출판사에서 좋은 책을 골라서 펴내야 하는 편집 책임자로 보냈다. 그만큼 여러 가지 책을 읽거나 조사하거나 한 것이다. 그러나 언제나 내 머릿속에는 어릴 때 읽은 《천자문》과 몽테뉴의 《수상록》이 가득 차 있다. 그러니까 그 두 가지 책은 언제나 내게 말없는 스승이 된다. 사람이 사람답게 살아야 하는 방법이 그 책 속에 가득 채워져 있다. 날이면 날마다 대하는 책은 그 두 가지 책을 보충해 주는 구실을 하는 것으로 생각된다. 《천자문》이 우주의 역사에서 윤리 도덕에 이르기까지 예전의 동양적인 사고 방식을 가르쳐주는 것이라면, 몽테뉴의 《수상록》은 서양의 그것을 뜻한다. 책은 사람을 기르는 정신적인 영양분을 가지고 있다. 그러니 적당한 책을 골라서 알맞게 영양을 섭취하는 것이 사람이 사람답게 살기 위해서 필요한 일이라면 우리가 책을 읽는다는 것은 다름 아닌 살기 위한 방법일 뿐 별다른 자랑이 될 수가 없는 일이다.

그렇지만 언제나 나는 꾸준히 독서하는 사람을 보면 그 얼굴에서 아름다움과 점잖음과 지혜로움을 발견할 수가 있다. 나는 이런 사람이 되는 것이 평생 소원이다.

4. 독서와 행복

책을 가지고 있고, 그것을 읽을 성의를 가지고 있는 사람은 행복하다. 세상에서 가장 좋은 친구를 갖고 있는데, 왜 불행해야 된다는 말인가?   — 에른스트 —

사람은 누구나 행복하기를 바란다. 그런데 행복해지는 방법에는 눈이 어둡다. 우선 행복이 무엇인지에 대해서 뚜렷한 생각을 갖고 있는 사람이 드물다. 이런 사람들은 위에 적은 에른스트의 말을 되새겨 볼 필요가 있을 것이다. 돈이 많거나 권력을 손에 넣어야 행복하다고 생각하는 사람들이 있을 것이다. 그러나 진정한 행복이란 그런 것이 아니라는 사실은 길게 설명할 필요도 없을 것이다. 누구나 행복을 누리자면 몸이 건강하고 마음이 편안해야 할 것이다. 그런데 흔히 몸의 건강을 위해서는 무엇을 먹을까 걱정하면서도, 마음의 편안을 위해서는 별다른 노력을 하지 않고 있다. 사람에게 무엇을 먹는다는 것은 중요하다. 그러나 그 이상으로 정신적인 성장을 위해서 좋은 책을 읽는 일이 중요한 것을 알아야 할 것이다. '체력이 국력'이라는 말이 사실이라면 '독서는 국력'이라는 말 또한 잘못이 아닐 것이다. 우리가 책을 읽는다는 것은 무엇을 알고자 하기 때문이다. 그렇다면 책은 다름 아닌 우리들의 스승이다. 많은 스승들을 통해서 여러 가지를 알게 된다면 튼튼한 정신무장이 될 수 있다. 어떤 전쟁터에 나가서도 승리할 수가 있다. 세계 역사를 돌이켜볼 때 독서

운동을 힘차게 전개한 나라치고 부강한 나라로 발전하지 않은 나라가 없다. 독일이 그렇고, 미국이나 일본이 모두 그러했다.

독일의 마틴 루터가 종교개혁에 성공한 다음 도서관을 지어서 청소년들을 그 속으로 유도했다. 그 결과 청소년들의 범죄가 줄어들고 정신적인 성장도 이룩했다. 미국은 종교의 자유를 찾아 새로운 땅을 찾아간 다음 곧 교회와 학교를 짓고 이어서 도서관을 세워서 뒤진 성인교육에 힘썼다. 가까운 일본 사람들이 독서에 얼마나 열성적인가는 다시 말할 것도 없는 일이다. 이렇게 볼 때 독서에 남다른 관심을 가지던 나라치고 잘되지 않은 나라가 없다는 것을 알 수 있다. 독서, 독서 하니까 어떤 거창한 사업이나 되는 것처럼 생각하고 겁을 먹는 사람이 있을지도 모르겠으나, 사실은 하루 30분씩이라도 꾸준하게 습관을 들이는 것이 문제될 뿐이다. 하루 종일 책을 읽으라는 것도 아니고, 어려운 책을 의무적으로 읽어야 한다고 강요하는 것도 아니다. 책을 읽는다는 것이 두려움의 대상이 되거나 고통스러워서는 안 될 것이다.

이와 반대로 책을 읽는 것은 즐거움일 뿐이다. 왜냐하면 즐기면서 읽는 책이 쌓이면 쌓일수록 마치 돈을 저축해 두는 것처럼 꼭 필요할 때에 요긴하게 쓰일 수가 있기 때문이다. 어떤 이유에서든지 아직 독서의 즐거움과 효과를 모르고 있었다면, 지금이라도 늦지 않다. 때마침 책 읽기 좋은 계절을 맞아서 그 어떤 일보다도 책 읽기에 습관을 들이는 생활을 하는 전기를 만들어 보는 것이 좋을 것이다. 앞날의 행복을 위해서 말이다.

5. 책은 인류의 영원한 스승

책을 출판하는 사람들

책은 인류의 스승이다. 우리는 모르는 일을 알기 위해서 책을 읽는다. 그러니까 책은 사람들을 가르치는 말없는 스승이라는 말이다. 따라서 책을 출판하는 사람들이란 인류의 스승을 만들어내는 스승의 스승이 될 수가 있다. 여기서 될 수가 있다고 하는 것은 그와는 반대로 되기가 어렵다는 뜻도 있다.

확실히 책을 만들어내는 사람들이 모두가 원래의 사명(使命)으로 하는 인류의 스승을 제대로 만들어내느냐 하면 그렇지는 않다. 스승이 될 만한 내용이 될 수가 없는 책을 만들어내는가 하면, 만들어내서는 안 될 책을 단순히 돈벌이가 되기 때문에 만들어내는 수가 있기 때문이다. 사람은 빵으로만 사는 것이 아니다. 정신적으로도 영양소를 먹어야 사람다운 사람이 될 수가 있다. 이때 사람이 먹어야 할 정신적인 영양이란 다름 아닌 책을 통해서 얻어지는 지식과 교양을 말한다.

그런데 우리들에게 건전한 지식과 올바른 교양을 가르쳐 주는 스승이 될 수 있는 책이 아니고, 배워서는 안 될 것을 가르치는 책을 만들어내는 사람이 있다면, 이는 책을 읽는 독자를 위해서 책을 만들어내는 것이 아니라 돈벌이를 위해서 독자를 해롭게 하는 출판을 하는 결과가 된다.

그런 출판인은 나라를 사랑하는 것이 아니라 나라를 해롭게 하는 반역자라 할 수 있다. 국민 한 사람 한 사람이 모두가 행복하게 살 수 있는 나라가 참다운 좋은 나라다. 나라는 어떻게 되든지 나 혼자만 돈을 벌어서 잘 살면 그만이라는 사람이 여러 사람 있는 나라를 보면 그 나라는 발전할 수도 없고, 좋은 나라가 될 수도 없다. 나만을 위하고 다른 사람을 사랑하지 않는다면 결국은 자기 자신도 사랑할 수 없게 된다. 나를 사랑해 줄 사람이 없어지기 때문이다.

다시 말하자면 나만을 위하는 생활은 끝에 가서는 나도 위할 수 없는 형편에 이르고 만다는 말이다. 나를 사랑하기보다도 남을 더 사랑하고 나아가서는 나라를 사랑하는 사람이 될 때 그 혜택이 남에게서 자연히 나에게 돌아오게 마련이라는 사실을 알아야 할 것이다. 이렇게 볼 때 좋은 책을 만든다는 것은 나를 위하는 일이요, 이웃을 사랑하는 길이요, 나아가서는 나라를 사랑하는 길이 될 것이다. 나라를 사랑하는 책을 출판해야 할 이유가 여기에 있다.

책을 사서 읽는 사람들

사람에게서 지식을 빼버리면 다른 동물과 다를 것이 없다. 그러므로 우리는 사람다운 사람이 되는 방법으로 책을 읽게 마련이다. 우리는 독서를 통해서 오래된 역사도 알 수 있고 옛날의 위대한 사람들과도 그다지 큰 부담이 없이 만날 수도 있다. 그러나 우리에게 책이 없다면 역사도 끊어지고 조상 때부터 내려오는 훌륭한 전통도 이어질 수가 없다. 책을 통해서만이 역사를 배우고, 위인들의 교훈을 알고, 이를 거울삼을 수가 있다. 그보다도 당장 우리들이 살아가는데 필요한 지식과 정보를 책이 아니고서는 확실하고 정확하게 얻을 수가 없다.

혹시 라디오나 텔레비전에서도 얻을 수 있다고 생각하는 사람들이 있을지 모르겠으나 이는 사실과 다르다. 그 같은 이른바 전파를 통해서는 책에서 얻는 것만큼 자세하고 정확하게 그리고 값싸게 오래도록 활용할 수 있는 지식을 얻지 못한다.

이렇게 생각할 때 책이란 우리들, 특히 문명국의 생활에 없어서는 안 될 중요한 물건이다. 그런데 흔히 우리는 이렇듯 고마운 책을 소홀히 취급하기가 쉽다.

우리는 값없이 주어지거나 값싸게 얻어지는 물질에 대해서 그 고마움을 잊고 사는 때가 많다. 잠시라도 없으면 사람이 살 수 없는 공기를 고마운 줄 모르고 있는 것이나 다름없다.

이렇게 볼 때 책이야말로 소중한 것인데 그 가치를 모르고 있는 것 중의 하나가 아닌가 싶다. 책은 영원한 인류의 스승이라고 했다. 우리가 스승을 존경하지 않는다면 참다운 교육적인 효과를 기대할 수 없는 것과도 같이 책의 참다운 가치를 인정하지 않는다면 우리에게 필요한 정신적인 양식으로서의 효과를 기대할 수 없을 것이다.

그러므로 우리 모두는 책의 소중함을 깊이 깨닫는 한편, 책을 만들어내는 사람들은 될 수 있는 대로 우리들 조상의 얼이 깃들여 있는 책, 특히 조국을 빛낸 기록이 담겨 있어 국민 모두가 읽어서 나라 사랑의 마음이 저절로 우러나오는 내용의 책을 많이 출판해야 할 것이다. 체력이 국력이라면 독서도 국력이다. 나라가 정신적으로 굳건해지는 것이 좋은 책을 출판하는 일이다.

6. 산에서 씻어낸 마음 독서로 채우고

사람은 여가를 어떻게 선용하느냐에 따라 여러 가지로 달라진다. 누구나 젊어 한때는 틈만 있으면 친구들과 어울려 놀게 마련이어서 친구 없이는 못 살 것 같은 생각이 들 때가 있었을 것이다.

그러다가 차차 나이가 들면 각기 저만이 할 수 있는 일을 찾게 되고 그 일이 서로 다르고 보면 만나기도 어려운 사이가 된다. 하는 일만이 문제가 아니다. 집안에서 아이들에게 발목을 잡히기도 하거니와 아내에게 덜미를 잡히는 때도 있어 더욱 부자유스러워지기 때문에 다정했던 친구들과 만나기가 어려워지는 것이 사실이다.

이렇게 되면 친구들끼리 모여서 재미있게 지내는 일보다는 혼자서 여가를 선용하는 방법을 생각해야 한다.

혼자 할 수 있는 좋은 일은 없을까!

다른 사람들은 모를 일이다. 이 일을 두고 무척 고민하던 나는 다음의 세 가지 일을 오래 전부터 실천하고 있다. 때로는 이런 짓이 지금 우리 나라 사정에서 무슨 의의가 있겠는가를 의심하면서도 어느덧 누가 뭐라고 하든지 이제는 내가 좋아서 계속하고 있는 일이 되어 버린 것은 첫째는 등산이다.

나는 일요일만 되면 비가 오나 눈이 오나 추우나 더우나

배낭을 메고 등산길에 나선다. 같이 갈 친구가 있으면 더 좋고 없다고 서운해하지도 않는다. 하룻길이 될 수 있는 거리의 등산길을 찾아 나선다. 같이 갈 친구가 없어도 좋다는 바로 그 이유 때문에 오래 계속될 수 있는 것이다. 꼭 누구와 함께 해야 할 일 같으면 벌써 그만두었는지도 모른다. 그것은 서로 뜻이 맞지 않아서가 아니라 사람마다 그 나름의 피치 못할 사정의 올가미가 자신도 모르게 씌워지는 수가 있기 때문이다. 등산을 가면 건강에 좋다는 말은 누구나 아는 사실이다.

나는 좀 다르게 뱃속을 깨끗하게 하려고 간다고 말한다. 이 말을 이해하기 위해서 나는 등산을 다니지 않는 가까운 친구들을 보고 뱃속이 시커먼 사람이라고 놀려댄다.

그럴라치면 어떤 친구들은 오해를 한다. 그 뱃속이 시커멓다는 말을 항용 도둑놈이라는 말로 알아듣는 수가 있어서 말이다. 하지만 나는 그런 뜻에서가 아니다. 가까운 친구들을 누가 도둑놈이라고 하겠는가? 우리들 서울을 비롯한 도시에 사는 사람들이란 그냥 있으면 누구나 뱃속이 시커멓게 된다. 생각해 보라.

연탄가스, 자동차의 매연 그리고 먼지, 이런 것을 조금도 마시지 않고서 살아가는 사람이 있겠는가 말이다. 우리집에서 연탄을 때지 않는다고 나만이 가스를 마시지 않고 지낸다거나 거리를 나다니면서 공기 속에 가득 차 있는 매연을 나만이 마시지 않는다고 할 수는 없으니까 우리들의 뱃속은 보나마나 시커멓지 않을 수가 없을 것이라는 생각이다. 그렇지만 적어도 한 주일에 한 번씩이라도 등산을 다니는 사람은 뱃속이 그다지 검지는 않을 것이 확실하다.

산에 오를 때 숨가빠 헐떡거리는 사이에 뱃속에 들어 있던 가스가 밖으로 나오고 그 대신 맑은 공기가 들어갔기 때문이다. 이것이 반복되는 동안에 새로운 생명의 활력소가 생긴다. 등산은 자기의 역량에 알맞게 조절해나간다. 힘들면 언제라도 바위나 풀숲 위에 벌렁 누워 하늘을 쳐다보고 사색에 잠기면서 쉬면 된다. 이것이 바로 혼자 즐길 수 있는 육신을 위한 일이라면, 둘째는 독서다.

일찍이 중국에서 명(明)나라 때의 선비인 진계유(陳繼儒)라는 사람이 쓴 복수서(福壽書)(우리 나라에서는 색다른 이설(異設) 명심보감(明心寶鑑)이라 번역됨)에 다음과 같은 글이 있다.

세상에서 가장 한적한 일은 배를 타고 유람하는 것과 술 마시고 장기나 바둑을 두는 것 등인데, 이 일들은 모두 짝을 찾아야 하고 상대가 있어야 한다. 그러나 오직 글 읽는 한 가지 일만은 한 사람으로 하루도 보낼 수 있고 1년도 넘길 수 있다.

그렇다, 책 읽는 일은 누구나 혼자 할 수 있다. 그러면서 오래 계속할 수가 있다.

읽는 책의 내용이 재미있고 유익한 것이면 밤을 새워도 좋다. 그런데 이 책 읽는 것도 뱃속과 관계가 있는 일이다.

옛날 어떤 선비가 이웃 사람들이 모두 일 년에 한 번씩 장서를 내다가 햇빛에 말리는데 그 선비는 마당에 멍석을 깔고 그 위에 저고리를 벗고 누워 있었다고 한다. 친구들이 하도 이상해서 그 이유를 물었더니 그 선비가 하는 말이 "우리집

에 있는 책은 내가 모두 읽어서 내 뱃속에 다 들어 있으니 내
배를 말리는 것이다"라고 말했다 한다.

하기는 옛 문자에 '복중천권서(腹中天卷書)'라는 것이 있
기는 있다. 책을 읽으면 지식이 머릿속에 들었다고 해야 하
겠지만 예전부터 뱃속에 들어 있다고 하기도 한 모양이다.
이렇게 본다면 등산에서 말끔히 청소한 뱃속에 책을 읽어
지식을 가득히 채워 둔다는 의미에서도 혼자서 즐길 수 있
는 좋은 일로서의 독서는 보람 있는 일이 될 것이다. 이렇게
해서 배가 부르면 그 다음은 또 무엇을 할 것인가? 마지막
한 가지의 혼자 할 수 있는 좋은 일은 저술이다. 말하자면
지식의 신진대사가 자연스럽고 불가피하게 되는 것이라 할
수 있다.

이 저술이란 저자가 알고 있는 현황을 글로 나타내는 일이
다. 내가 현재까지 알고 있는 그대로를 기록을 통해서 정지
시키는 일이다. 많이 알고 있으면 많이 나타낼 수 있고 조금
알고 있다면 조금 아는 것만큼 나타내면 되겠기에 누구에게
나 가능한 일이다. 그것이 얼마나 가치있는 내용의 저술이
되었느냐, 그렇지 못했느냐 하는 것은 나중의 문제다.

그 가치를 너무 의식하면 저술에 손댈 의욕을 잃게 되는
수가 있다. 저술이란 처음부터 잘하겠다고 해서 그대로 잘
되어지는 것이 아니다. 때에 따라서는 그 반대의 경우가 있
을 수 있는가 하면 당대에는 천대를 받다가 후세에 높이 평
가되는 예가 있기도 하다. 미국에서 3대 명작의 하나로 꼽히
는 멜빌의 《백경(白鯨)》은 작자가 죽은 지 백 년 뒤에 새로
운 평가를 받게 되었다.

사람인 이상 누구나 자기가 한 일에 당장 칭찬을 받는 것을 좋아할 것이다. 그렇지 못했을 때 서운하고 허전하고 절망에 빠질지도 모른다. 그러나 이런 생각에 쉽게 빠지는 사람이라면 처음부터 뱃속을 책으로 채울 것이 아니라 음식으로만 채웠어야 했을 것이다. 나부터 그런 사람인지도 모른다. 아니 그렇게 하는 것이 오늘을 사는 우리에게는 백 번 천 번 현명한 일일지도 모를 일이다. 그런 생각을 하면서 나는 오늘도 별 수가 없어서 이 글을 쓰면서 여가를 즐기고 있다.

7. 책 읽기, 책 모으기, 돈 벌기

1) 책 읽기

① 사람은 책을 읽는 동물이다.

　사람은 책을 읽는 동물이다. 사람이 다른 동물과 다른 점은 한두 가지가 아닐 것이다. 그러나 다른 것은 동물들도 사람과 비슷한 흉내는 낼 수 있는 것으로 생각되지만, 오직 책 읽는 일만은 흉내낼 수가 없을 것이다. 그렇다면 사람이 다른 동물과 가장 큰 차이는 책을 읽는 동물임에 틀림없다 할 것이다. 모든 동물이 말을 한다. 그리고 어떤 모양으로든지 기록을 할 수 있는지도 모른다. 그러나 사람들처럼 글자를 쓰고 읽고 또한 책을 만들어내는 능력은 없다. 이것이 사람이 다른 동물과 다르고 따라서 모든 동물보다 발달한 원인이 아닌가 한다. 사람이 글을 써서 자기의 생각한 바를 다른 사람에게 오래 전할 수 있는 방법을 몰랐다면 오늘의 문화가 이룩될 수는 없었을 것이다. 이렇게 생각할 때 우리들에게 책이 주어졌다는 것은 그 무엇과도 바꿀 수 없는 귀중한 보배라 할 수 있을 것이다. 우리는 이같은 귀중한 보배를 헐값으로 살 수가 있다. 그리고 그 책을 읽고 새로운 지식과 교양을 쌓아 나간다. 이것이 사람이다. 그러므로 책을 읽는다는 것은 사람다운 사람이 되는 방법이다. 동물다운 동물이 되는 방법이 무엇인지는 몰라도 사람다운 사람이 되는 방법이 책 읽기에 있다면, 이를 어떻게 보다 재미있고 효과적으로 읽어야 할 것인가를 생각하지 않을 수 없다.

② 책 읽는 보람

우리가 책을 읽는 것은 따지고 보면 여러 가지 이유가 있다. 어떤 사람들은 연구를 하기 위해서, 또 어떤 사람들은 시험공부를 위해서, 그런가 하면 재미를 위해서 읽는다. 그 어떤 필요에서 읽든지 책을 읽는 사람에게는 그만큼의 유익함을 준다. 책은 말없이 보수 없이 사람을 가르친다. 세상엔 학교라고는 문턱에도 가 보지 않고 집에서 홀로 책만을 읽고도 위대한 업적을 남긴 사람들이 많다. 그 어떤 위대한 업적을 드러내지 못했다고 하더라도 책을 많이 읽은 사람은 그렇지 못한 사람과는 다른 데가 나타나게 마련이다. 흔히 중국의 고전인《삼국지(三國志)》를 세 번 이상 읽은 사람과는 말도 하지 말라는 말이 있다. 이것은 그 책 속에 나오는 많은 영웅들, 지식인들, 그리고 서민들의 생활의 지혜를 그 책을 읽음으로써 체득하고 있는 사람들이란 남다른 지혜가 있을 것이라는 데서 비롯되었다. 일찍이 라스킨은 책 읽는 것은 돈을 저축하는 것이나 다름없다는 말을 했다. 사람들이 언제 어떤 어려운 일이 일어날지 모르기 때문에 저축을 해 두는 것과 같이 책을 읽어서 지식을 쌓아 두면 필요할 때 요긴하게 끄집어 쓸 수가 있다는 것이다. 우리는 책을 읽어서 모르던 일을 알게 되고, 알게 된 지식을 생활에 활용한다면 그 이상 보람은 없을 것이다. 사람이란 나이가 들수록 신체는 쇠퇴해지게 마련이다. 사람이 늙어 가는 것은 그 어떤 방법으로도 완전히 막을 수는 없다. 다만 운동으로 단련을 한다든지 환경을 바꿔서 얼마쯤 노쇠를 방지할 수 있을 것이다. 그러니까 사람이란 어쩔 수 없이 몸은 쇠약해진다. 그러나 사람에게 또 다른 요소로서의 정신은 책을 읽으면 날이 갈수록 더 발달하게 마련이다 몸은 비록 늙어도 정신은 더 젊어진다. 이렇게 해서 몸은 늙고 반대로 정신은 살찌게 될 때, 사람은 아직도 젊은 사람 못지않게 쓸모 있고 가치 있는 존재가 된다. 이와 반대로 동물은 그렇게 될 수가 없기 때문에 필경은 늙으면 아무런 일을 할 수 없게 된다. 사람이 늙어서도 오랫동안의 경험과 책을 많이 읽음으로써 축적된 지식으로 영원히 남을 위대한 저술이라도 남긴다면, 사람으로 태어나서 이보다 더 좋은 일은 또 없을 것이다.

사람이 만들어 놓은 모든 것은 세월이 흐르면 흔적도 없이 사라진다. 그러나 정신적인 업적, 예컨대 미술이나 저서 그밖의 몇 가지가 모두 책 읽기에서 얻어진 것이라고 생각할 때 책 읽는 보람은 참으로 아무리 찬양해도 모자랄 일이다.

③ 홀로 즐길 수 있는 일

책을 읽는다는 것은 홀로 즐길 수 있어 좋다. 세상에서 재미있고 유익한 일이란 혼자 할 수 있는 것이 그리 많지 않다. 그러나 책을 읽을 때는 여러 사람들 틈에 섞여 있는 것보다 홀로 외로운 환경에서 책을 읽는 것이 더 효과적이다. 또, 외로움을 지나쳐서 거의 고독감을 느낄 때 충실한 내용의 책을 읽는 것이 좋다.

우리는 역사적으로 종교인들이 가치 있는 내용의 저서를 많이 남긴 것을 알고 있다. 이것은 그들의 환경이 그렇게 만든 것이다. 그들은 책을 읽되 참으로 수도하는 자세로 읽고, 읽는 시간 또한 고요한 밤을 택하는 경우가 많다. 그같은 환경, 그런 자세로 책을 읽기 때문에 수양과 지식의 축적이 저절로 이루어질 수 있었을 것이다. 세상에서 혼자서 가장 오랫동안 견딜 수 있는 방법이라면, 그리고 그런 행동이 유익한 것이라면 오직 책 읽기가 있을 뿐이다. 보람 있고 유익한 일로서 누구의 도움을 받지 않고 할 수 있는 책 읽기야말로 하늘이 사람에게 준 귀중한 선물이라고 할 수 있다.

④ 위인들의 책 읽기

옛날 중국에서 책 읽기에 열중하다가 마당에 멍석을 펴 놓고 말리던 곡식을 빗물에 흘려 보낸 사람이 있었다. 그리고 날마다 책만 읽고 있는 사내가 있었다. 그는 과거시험을 준비하는 것이었다. 지금과 달리 남자로 태어나서 출세라면 오직 과거시험에 합격해서 벼슬길에 나가는 것이 최고의 방법일 때다. 남편이라는 사람이 날마다 책만 읽고 앉았으니, 먹고 살 수가 없어 아내가 밖에 나가서 벌이를 하지 않을 수가 없었다. 그날도 아내는 밖으로 나가면서 곡식을 말리려고 마당에 멍석을 깔고 그 위에 나락을 널어 놓고 남편에게 보아 달라고 당부를 했다. 그런데 한낮에 소나기가 쏟아진 것이다. 책 읽기에 온 정신이 팔린 남편은 비가 오는지 곡식이 어떻게 되는지를 몰랐다. 마침내 아내가 돌아와서 곡식이 소나기에 쓸려 흔적도 없이 된 꼴을 보고 더 참을 수 없는 울화가 치밀어 그 알량한 남편을 믿고 살 수가 없다 하여 도망쳐버렸다. 그러나 그 사내는 얼마 뒤에 바라던 과거시험에 합격해서 벼슬자리를 얻게 되었다고 한다. 이 소식을 들은 전의 아내는 남편을 찾아왔으나, 남편은 전의 아내에게 사정이야 어떻게 되었든지 한 번 버린 남편을 다시 찾아온다는 것은 있을 수 없다고 되돌려보냈다고 한다. 그는 물을 마당에다 버리면 다시 주워 담을 수가 없다는 비유를 했다고 한다. 매정한 사내라고 비판을 받을지는 몰라도 교훈으로 삼을 일이라 하겠다. 이와는 다르지만 우리 나라에서도 옛날에 책 읽기에 골몰한 나머지 자기 몸을 돌보지 않은 사람이 있었다. 세종대왕 때 영의정 벼슬을 지낸 신숙주가 세종대왕 때 밤낮을 가리지 않고 책 읽기에 열중한 일이 있었다. 집에 돌아가는 것도 잊고 궁중에서 늘 책을 읽었는데, 이 사실을 알고 있던 세종대왕께서는 밤중에 책을 읽고 있던 신숙주에게 특별히 옷을 보내 주기도 했다는 것이다. 예전에 무엇인가 위대한 일을 한 사람들이란 남달리 책 읽기에 힘쓴 사람들이다. 역시 세조 때 높은 벼슬을 지냈을 뿐만 아니라 저술에도 뛰어난 업적을 남긴 김수온(金守溫)이 공부할 때, 집안에 틀어

박혀 책만 읽었다. 세월 가는 줄도 모르고 책만 읽던 그가 어떤 피치 못할 일로 밖으로 나가 보니 나뭇잎이 떨어지는 계절이라는 것을 알게 되어 어느덧 가을인가? 하고 시 한 편이 머리를 스쳐갔다고 한다. 그는 책을 읽는 데 남다른 버릇이 있었다고 한다. 책이 귀한 때라 그렇겠지만, 남의 책을 빌려서 읽는 일이 많았는데, 성균관(成均館)에 공부하러 가고 오는 사이 하루에 한 장씩 책을 뜯어 소매 속에 넣고 다니면서 읽었다. 그렇게 해서 한 책이 다 없어지면 그것이 바로 그의 머릿속에 들어가는 것이라고 했다. 이런 버릇이 있는 줄 모르고 있던 신숙주는 그때 임금께서 주신 고문선(古文選)이라는 책을 아끼고 있었는데, 찾아온 그가 간절히 그 책을 빌려달라기에 하는 수 없이 빌려 주었다. 그런데 얼마를 지내고 책을 돌려달라고 해도 돌려 주지 않아서 하는 수 없이 그의 집으로 찾아갔더니, 그 귀한 책을 한 장 한 장씩 찢어서 벽에 발라 논 것이었다. 신숙주는 하도 어이가 없어서 말문이 막혔으나 그래도 이상해서 무슨 이유로 그런 짓을 했느냐고 물었더니, 그는 태연하게 누워서 보고 싶어서 그렇게 했노라는 대답이었다. 이런 친구에게 책을 빌려 준 내가 잘못이라는 것을 깨달은 신숙주는 다시는 그에게 책을 빌려 주지 않기로 했다고 한다.

⑤ 계절에 따라 책을 골라 읽는 멋

책을 읽는 데 시간을 따지고 계절을 가리는 것은 잘못이라는 말을 하는 사람들이 있다. 이런 사람들은 해마다 가을에 열리는 독서주간의 행사도 비웃는다. 언제 어디서나 읽을 틈만 있으면 읽어야지, 이것 저것을 가리면 언제 읽느냐고 한다. 옳은 말이다. 글을 쓰는 것도 고요해야 하고 책을 읽는데도 조용한 환경이 아니면 안 된다고 우기는 사람과 그렇지 않은 사람이 있다. 그러나 이것은 사람에 따라서 다르다. 신문기자가 시끄러운 것을 피해서 기사를 쓰려 든다면 한 줄도 못 쓰게 될 것이고 조용한 자리가 아니면 책을 읽을 수 없다고 한다면 평생 책 읽을 시간을 마련하지 못할 사람도 있을 것이다. 따라서 사람은 환경에 적응해서 무슨 일이나 해나가야 하겠기에 형편을 보아서 적당한 시간이나 환경 아래서 책도 읽고 글도 쓸 수 있는 훈련을 해 두어야 할 것이다. 다시 독서와 계절의 문제인데, 가을에 독서의 계절을 마련한 것은 아무래도 가을이 1년을 4계절로 구분할 때, 가장 책 읽기에 적합한 시기라고 생각되기 때문이다. 가을을 등화가친의 계절이라 하여 등잔불과 가까이할 때라 한 것은 옛날 중국 시인의 시구에 있는 말일 뿐, 오늘의 우리와는 상관이 없다고 할지 모른다. 그러나 임어당은 책의 내용에 따라 읽어서 보다 효과 있는 책이 따로 있다고 주장했다. 예를 들면 봄에는 문학책 여름에는 역사책을 읽는 등 계절에 알맞는 내용의 책 읽기를 설명한 일이 있어 우리의 관심을 끌고 있다.

2) 책 모으기

책을 좋아하는 데는 3가지 타입이 있다. 첫째는 책 읽기를 좋아하는 독서가(讀書家), 둘째는 책 읽기도 좋지만 책을 아끼고 사랑하는 데 더 열중하는 애서가(愛書家), 그리고 셋째로는 책을 모아들이는 것을 취미로 하는 장서가(藏書家) 등이다. 흔히 애서가와 장서가는 같다고 하지만 반드시 그런 것은 아니다. 책을 아끼고 사랑한다고 해서 반드시 책을 사 보는 장서가는 아니다. 이와 한가지로 책 읽기를 좋아하는 사람이라고 해서 반드시 책을 사들이지 않는 사람도 있다. 남의 책을 빌려 보거나 도서관에 있는 책으로도 책 읽기는 될 수가 있는 일이다. 책의 내용만 알았으면 그만이지 구태여 책까지 살 필요는 없다고 생각하는 사람이 있을 수 있다. 그러나 책은 자기가 사서 읽는 것과 남의 책을 빌려 보는 것과는 많은 차이가 있다. 남의 책을 빌려 본다는 것은 아무래도 책을 다루기가 조심스러워진다.

책을 읽으면서 중요한 자리를 표시한다든지 필요에 따라서 두고두고 본다든지 할 수가 없다. 그보다는 필요한 책을 자기 것으로 했을 때 어떤 소유욕을 채우는 만족감도 있고, 또 언제든지 볼 수가 있어서 좋다. 그뿐만이 아니다. 내가 밑천을 들여서 사 모은 것만큼 그 밑천을 뽑기 위해서도 다른 사람의 책을 빌려 본 이상으로 열심히 보게 될 것이다. 읽고 싶은 책을 한 권 두 권 사다 보면 책에 대한 애착이 저절로 우러나게 되고, 그렇게 되면 자연히 책과 더 가까이하는 시간이 많아져서 독서량이 증가될 것이다. 이렇게 해서 세월이 흐르면 많은 책이 모아져서 장서가로 발전하게 된다. 지금 누구라고 이름을 댈 것도 없이 어떤 방면에서나 크게 성공한 사람치고 집에 책이 쌓여 있지 않은 사람은 없다.

사실을 바로 말하게 되면 책이 그 사람을 그렇게 대성하게 한 것이라고 해도 좋을 것이다. 간혹 남의 책에 힘입어 어떤 저서를 한두 권 출판한 사람이 있을지는 몰라도 그런 사람은 그것으로 끝일 뿐 계속해서 발전해나가지는 못할 것이다. 그도 그럴 것이 언제까지나 남의 책으로 연구를 계속할 수는 없기 때문이다. 원칙적으로는 남에게 책을 빌려 주는 것이 아니라는 위인들의 가르침이 있다. 책이란 그릇과 같아서 내돌리면 부서지게 마련이라는 것이다. 책은 또한 빌려 주는 것이 바보라는 말이 있다. 그런데 이런 것을 잘못 알고 책에 대한 3가지 어리석은 일이라 하여, ① 책을 빌려달라고 하는 일, ② 책을 빌려 주는 일, ③ 책을 돌려 주는 일 등이라고 한다. 그러니까 책은 빌렸다가 돌려 주는 것이 오히려 바보라는 것이다. 때문에 바보가 되기 싫으면 돌려 주지 말라는 말이 된다. 그러나 이것은 잘못 전해진 말이다. 원래는 중국에서 일찍부터 책을 빌릴 때는 술을 사들고 가고, 책을 다 보고 돌려 줄 때도 술병을 들고 가야 했는데, 한자(漢字)로 술병이라는 글자와 어리석다는 글자가 비슷해서 오자(誤字)가 잘못 널리 전해진 때문이었다고 한다. 책은 될 수 있으면 꼭사서 보아야 하는 것이 원칙이다. 한 걸음 더 나가서 당장 읽지 않을 책이라도 앞으로 읽을 만한 책, 또 내가 안 읽어도 다른 가족이 읽을 만한 책 등을 꾸준히 사들이는 것도 좋은 일이다. 확실히 집에 책이 있으면 누군가 언젠가는 요긴하게 읽게 마련이다. 이렇게 책을 모아들이는 데는 ① 어느 정도의 돈이 있어야 하고, ② 책을 고를 수 있는 능력이 있어야하고, ③ 책을 찾아다닐 시간이 있어야 하거니와, 이 가운데① 의 돈과 ② 의 시간은 생각하기에 따라 또 마음먹기에 따라서는 얼마든지 융통할 수 있는 일이다. 한 달의 가계비용에서 무엇에 얼마를 쓴다는 항목선택이 중요하고, 무엇을 우선적으로 사들일 것인가를 결정하는 가치관이 문제일 뿐 돈이 없다고 말하기 어려운 일이요, 시간 또한 결국은 24시간을 어떻게 쪼개느냐에 달려 있다. 서양에는 날마다 자기 키만큼의 높이로 책을 쌓아서 사들여야 직성이 풀린다는 사람이 있어 화제가 된 일이 있지만, 우리 나라에는 그같이 패가망신할 정도로 책을 사들였다는 사람은 그리 많지 않다.

3) 돈 벌기

책을 사 모은다는 것은 다른 물건을 사들이는 것만 같지 못하다는 말을 듣는다. 그러나 이것도 반드시 그런 것은 아니다. 책도 잘 골라서 사기만 하면 나중에 큰돈이 되는 수가 많다. 책을 재산을 모으는 방법으로 모으는 사람들이 얼마든지 있다. 물론 이것은 고서일 경우가 많다. 원래 고서란 정가가 없기 때문에 부르고 사는 것이 값이다. 그런데 그 값이 사고 파는 두 사람이 아닌 다른 사람에게는 터무니없는 헐값이라고 생각될 때가 많다. 이따금 고서점에 가 보면 손님이 어떤 고서를 1만 원도 비싸다고 아옹다옹하다가 결국은 8천 원 정도로 사 가는 수가 있는데, 옆에서 그것을 지켜본 우리로서는 그 책이면 10만 원을 주고서라도 사고 싶은 귀중한 책일 때가 있다. 이렇게 생각할 때 그 책을 단돈 8천 원에 사 간 사람은 눈깜짝할 사이에 벌써 9만2천 원을 벌었다는 계산이 된다. 고서만이 아니다. 어떤 책이 출판되고 얼마 안 가서 없어졌기 때문에 하루아침에 보기 드문 책으로 변해서 비싼 값으로 팔리는 책이 있다. 이제 이런 책을 사 둔 사람은 돈을 벌고 있다는 계산이 된다. 책으로 돈을 벌어 평생을 살아가는 사람들이란 서점을 경영하는 사람들만이 아니다. 책을 출판하는 출판업자만도 아니다. 책으로 공부해서 강의를 하거나 책을 통해 저술을 하는 저술가들도 마찬가지다.

일제시대에 우리 나라에 와서 대학교수를 지낸 일본학자가 있었다. 우리 나라 고전을 많이 사들일 때, 아내가 남편이 지나치게 책을 사는 것을 못마땅하게 여기고 장사하는 사람들을 가로막은 일이 있었다. 교수는 거간꾼이 책을 들고 찾아올 때가 되었는데도 오지 않자, 하루는 아침부터 문밖을 유심히 내다보고 있었다. 아니나 다를까 거간꾼이 책을 한 아름 싸들고 자기를 찾아왔는데, 아내가 따돌리는 것이었다. 이때 그 학자는 재빨리 문을 열고 뛰어나가 책장사를 안방으로 불러들이고 아내에게 술상을 차려 오라 한 다음 자기가 아내를 잘 타이르지 못한 죄를 사죄하는 한편, 아내를 그 옆에 앉으라고 이르고 준엄하게 꾸짖었다. 내가 오늘날 이러한 학자가 된 것은 나에게 좋은 책을 갖다준 이분들 덕택이요, 당신이 밥술이나마 걱정 없이 먹고 사는 것은 내가 학자로 성공한 때문이 아닌가. 그렇다면 이분 덕으로 우리 두 사람은 살고 있는데 어찌하여 은인을 몰라보는가! 이 말을 들은 아내는 백 번 잘못을 사과했다고 한다. 이렇게 해서 모았던 우리 나라 관계의 책이 나중에 어떤 기관에 들어갔는데 많은 돈을 받아서 노후에 편안하게 살게 되었다고 한다. 이런 예는 우리 나라에도 많다. 어떤 학자가 평생 모았던 책을 어떤 도서관에 넘기고 후한 보상을 받아서 노후를 편안하게 지내는 일이 있었다. 이렇듯 책은 한 권 한 권 사 모을 때는 그것대로 읽어서 정보나 지식을 제공해 주어 좋고, 그것이 쌓여서 장서가로 발전한 다음에는 그때대로 큰 재산적 가치가 있어 좋은 것이다. 책 읽기에서 책 모으기로 다시 돈벌이로까지 발전될 수 있는 좋은 일이다. 누구나 힘써 이를 실천해 보면 반드시 보람있는 일이 될 수 있을 것이다.

제 14 장 독서에 관한 명언

1. 책에 관한 명언

결국은 우리들 인간이 지상에서 이루어 놓은 것이나 만들어낸 것 중에서, 무엇보다도 가장 중요하고, 경이로우며 또한 가치 있는 것이 바로 책이라 불리는 것이라는 결론에 도달하는 것이 아닌가 한다.

— 칼라일

책은 항상 생활하고, 자기의 종자(種子)를 인간의 마음속에 심으며, 후대의 새로운 시대에 끝없는 행위나 의견을 불러일으킨다.

— 베이컨

우리들의 백과전서적인 계통도에 우리가 바라는 이상의 가치를 두어서는 안 된다. 그것은 사람이 획득할 수 지식을 하나하나 줄 뿐이며, 그 지식으로 만족하려는 사람들에게는

소용없는 것이지만 다시 그것을 넘어서려는 사람들에게만
효과가 있는 것이다.

— J . R . 달랑베르

　나는 어떤 책이나 다 좋아한다. 다만 형태는 책이면서 책
이 아닌 것, 예컨대 궁정 행사록, 법규집, 인명록 따위를 빼
고는 무슨 책이든지 즐겁게 읽을 수 있다.

— C. 램

　세상에는 인간의 심리나 도의를 따진 책이 많다. 그러나
그 책 속에서 독자에게 드리는 말, 추천사, 서문, 목차 따위
를 제외하고 나면, 책의 내용이 될 만한 페이지는 얼마 남지
않는다.

— 라 브뤼예르

　검은 구름을 열고 햇빛이 나타나면 만물은 그 모양을 감출
수가 없다. 서적을 펴 놓고서 고금을 생각하면 천지도 그 진
상(眞相)을 감출 수가 없다.

—《포박자(抱朴子)》

　가장 위대한 책이란 종이테이프에 찍히는 전문(電文)처럼
두뇌에 새로운 지식이 박히는 것과 같은 책이 아니고 , 생명
이 넘치는 충격으로 다른 생을 눈뜨게 하고, 또 다른 생에서
생으로 여러 가지 정수(精髓)를 공급해 주는 것이다.

— 로맹 롤랑

과학에서는 최신의 연구서를 읽으라. 문학에서는 최고(最古)의 책을 읽으라. 고전은 항상 새로운 것이다.

— 리 튼

당신은 책이라는 것을 좋아하지 않을지도 모른다. 그런 당신은 분명히 생활 가운데 부질없는 야심과 쾌락의 추구에만 몰두하고 있을 것이다. 그러나 세상은 당신이 생각하는 것보다 훨씬 광범위한데, 그 세계가 책에 의해 움직이고 있다는 것을 알아야 한다.

— 볼테르

선박 없이 해전에서 승리할 수 없는 것 이상으로, 책 없이 사상전에서 이길 수는 없다.

— 프랭클린 루스벨트

신이 인간에게 책이라는 구원의 손을 주지 않았더라면, 지상의 모든 영광은 망각 속에 되묻히고 말았을 것이다.

— 리처드 베리

두뇌의 세탁에 독서보다 좋은 것은 없다. 건전한 오락 가운데 가장 권장해야 할 것은 두 가지라 하겠다.

— 도쿠토미 로카(德富盧花)

고인(古人)의 책은 읽어야 할 가치가 있다.

— 데카르트

법률은 죽지만, 책은 죽지 않는다.

— 리 튼

책이 없다면 신도 침묵을 지키고, 정의는 잠자며, 자연과
학은 정지되고, 철학도 문학도 말이 없을 것이다.

— 토마스 바트린

가장 도움이 되는 책이란 많이 생각하게 하는 책이다.

— 데오도르 파카

책을 가볍게 생각해서는 안 된다. 지금까지의 세계 전체가
결국은 책으로 지배되어 왔기 때문이다 .

— 볼테르

과거의 이 세상 모든 것은, 다만 미개한 민족은 별문제로
치고, 거의가 몇 권의 책으로 지배되어 왔다.

— 볼테르

책은 책 스스로의 생명이 있다.

— 디렌디아누스 마우르스

생명을 지니고 태어난 책이 있다. 어떤 책이든지 읽는 이
에게 생명을 불어넣을 수 있는 정신의 불꽃이 불붙기까지는
그 책은 사물(死物)에 불과하다.

— H. 밀러

어떤 책이 즐겁게 읽히는 조건으로서는 그 책이 직접적으로 당신에게 어떤 의미를 지니고 있어야 한다.

— S. 몸

책은 그것을 적절히 선택할 수 있는 독자에게 갖가지 즐거움을 안겨준다.

— 몽테스키외

책을 이용하는 것은 좋은 일이다. 그러나 혹사하지는 말라. 꿀벌은 꽃을 더럽히지는 않고 다만 꿀을 먹고 갈 뿐이다.

— 리리안 달

우리는 그날그날 기분이 다르다. 같은 하루에도 기분의 변화가 일어난다. 누구나 자기 기분에 따라 책을 선택해야 한다.

— S. 몸

만약 책이 인간과 전적으로 분리해서 지식의 사장소(死藏所)로밖에 생각할 수 없다면 '위대한 책은 해악이 많다'고 한 선인들의 말에 굴복하지 않을 수 없다.

— 뉴먼

책은 잘못된 곳이 많아야 비로소 즐거움을 찾을 수가 있다. 조금의 모순당착(矛盾撞着)도 없는 책은 권태로워서 읽기 어렵다.

— 올리버 골드스미스

일화집(逸話集)이나 격언집은 사회인으로서는 최대의 보물이다. 그 자신이 전자를 적절한 장소에서 생활 속에 혼합하고 후자를 적절한 장소에서 상기한다면.

— 괴테

책은 일시적인 것과 영구적인 것이 있다.

— 존 러스킨

오늘날 영국 국민은 세계에서 가장 부유한 국민임을 자랑하고 있다. 그러나 책이라는 마음의 양식에 대해서는 여전히 순회 문고에서 빈 책에 매달려 있다.

— 존 러스킨

금서(禁書)는 모두가 이 세상을 철학으로 장식한다.

— 에머슨

책은 한 권 한 권이 하나의 세계이다.

— 워즈워스

성서의 바른 이해는 그 말이 유동적, 문학적이어서, 엄밀한 과학적인 말이 아니라는 것을 아는 것으로부터 시작된다.

— 마슈 아놀드

책의 교정은 먼지를 벗기는 것과 같다.

—《사문류취(事文類聚)》 중에서

책은 그 자체로서는 참으로 훌륭하다. 그러나 그것은 혈기가 없는 인생의 대용물이다.

— 스티븐슨

독서만큼 매력 있는 것은 또 없다.

— 시드니 스미스

아름다운 책은 하나의 통일된 전체로 생각해야 한다. 어느 하나의 기술이 그 전체를 창조해내는 조건으로 정해지는 한계 이상으로 자기를 항의하는 것은 아무래도 반역적인 행위로 볼 수밖에 없는 일이다.

— 샌더슨

학자란 책을 독파한 사람, 사상가·천재란 인류의 어리석음을 깨우쳐 주고, 그 전진할 길을 알려 주는 사람들로서 세계라고 하는 책을 직접 독파한 사람을 말한다.

— 쇼펜하우어

가장 강하게 요구되는 책이 항상 최고로 가치 있는 책이라고 할 수는 없다.

— H.E. 헤인즈

고전이란 저자와 독자와의 협력으로 만들어지는 것이다.
— 파킨스

정신적으로서 현재 속에 살아 있는 것만으로는 부질없고 무의미한 것이고, 역사나 고전에 끊임없이 관계를 맺는 데서 정신생활이 가능하다는 것을 깨달았다. 나는 곧 신간 서점에서 고서점으로 발길을 돌렸다.
— 헤 세

자손에게 만금을 가득 부어 주는 것이 한 권의 경전을 주는 것만 못하다.
—《한서(漢書)》

언제고 괴로운 환상을 위로하고자 한다면, 너의 책으로 달려가라. 책은 언제나 변함없이 친절하게 너를 대한다.
— T. 풀러

방구석에서 말 없는 나의 종(책)이 기다린다. 언제나 변함없는 나의 친구들이다.
— B.W. 프록터

현대 도서의 대부분은 현대에 반짝이는 영상에 불과하다. 그것은 오늘 아름답다가도 내일이면 쑥스러워진다. 이것이 문예의 길이다.
— 카프카

책은 청년에게는 음식이 되고 노인에게는 오락이 된다. 부자일 때는 자식이 되고, 고통스러울 때면 위안이 된다.

— 키케로

책을 읽고 싶어하는 열의 있는 사람과, 읽을 만한 책이 탐난다고 하는 권태로운 사람과의 사이에는 대단한 차이가 있다.

— 체스터튼

책만큼 우리를 기쁘게 하는 것은 이 세상에 또 없다.

— 초 서

신간서가 매우 귀찮은 것은 우리들이 오래된 책을 읽을 수 없도록 방해하기 때문이다.

— 쥬베르

일반적인 원칙은 책에서 얻어야 한다. 대화로써는 체계가 세워지지 않는다. 한 가지 문제에 관해 백 사람이 말하는 것을 모르더라도, 하나의 진리가 되는 부분으로 서로가 흩어져서 전체를 파악할 수 없다.

— 사무엘 존슨

사전이란 시계와 같은 것이다. 변변치 않은 사전이라면 없는 것이 오히려 좋다. 그러나 아무리 좋은 사전이라도 완전하게 올바른 것으로 기대할 수는 없다.

― 사무엘 존슨

인생에 대한 지식이 없는 책은 쓸모없다.

― 존 슨

2. 양서에 관한 명언

인생은 매우 짧고, 조용한 시간은 얼마 되지 않기에 우리는 쓸데없는 책을 읽어 낭비해서는 안 된다.

― 러스킨

양서는 친구 중에서 가장 좋은 양우(良友)요, 현재도 그리고 영구히 변하지 않는다.

― 닷 바

적절한 말 한 마디는 나쁜 책 한 권보다 낫다.

― 르나르

1. 출판되고 1년이 지나지 않은 책은 읽지 말라.
2. 유명한 책이 아니면 읽지 말라.
3. 애호하는 책 이외는 읽지 말라.

― 에머슨

좋은 책을 읽기 위해서는 나쁜 책을 읽지 않을 일이다. 그

러기 위해서는 읽지 않고 지나는 기술이 필요하다. 그 기술
이란 일시적으로 인기 있는 책에 함부로 손대지 말아야 한
다. 흔히 바보스러운 독자들을 위해서 책을 쓰는 저자들이
흔히 많은 독자들을 가지고 있다는 사실을 깨달을 필요가
있다.

— 쇼펜하우어

저질의 책을 읽기에는 인생은 너무 짧다.

— J. 브라이스

고전적인 작품이란 아마도 소멸되는 적이 없고 해체할 수
없으며, 다만 냉각될 수 있는 작품을 말한다.

— P. 발레리

고전의 매력과 아름다움은 느닷없이 도취하게 되는 것이
아니고, 오히려 은연중에 효과를 보게 마련이다. 그러므로
우리들의 태도는 먼 곳에서 울려오는 소리를 들으려고 귀를
기울이는 태도가 아니면 안 된다.

— 베네트

한 번 읽을 가치가 있는 책은 다시 읽을 가치가 있다.

— 존 모레이

모든 책을 그대로 믿는다면 곧 책이 없는 것과도 같다.

— 맹 자

가장 좋은 책은 영원 불멸하다.

　　　　　　　　　　　　　　　　　　　— J. 밀턴

사악한 마음을 가진 자는 어떤 양서라도 해악을 가져오는 원인이 된다.

　　　　　　　　　　　　　　　　　　　— J. 밀턴

낡은 책은 고전이 아니다. 제1판의 책이 고전이다.

　　　　　　　　　　　　　　　　　　　— 몽테뉴

일시적인 양서와 영구적인 양서가 있는가 하면, 일시적인 악서와 영구적인 악서가 있다.

　　　　　　　　　　　　　　　　　　　— 러스킨

읽고 나서 일에 의욕을 불러일으키는 책이면 모두 읽을 가치가 있다.

　　　　　　　　　　　　　　　　　　　— 에머슨

두 번 읽을 가치가 없는 책은 한 번도 읽을 가치가 없다.

　　　　　　　　　　　　　　　　　　　— 웨 버

기대를 가지고 책장을 열고, 수확을 얻고 책뚜껑을 덮는 책, 이런 책이 진실로 양서다.

　　　　　　　　　　　　　　　　　　　— A.B. 올커트

좋은 내용이 많이 씌어 있다고 해서 그것이 반드시 양서라
고 할 수는 없다.

— 세르반테스

베스트셀러란 평범한 재능에 금색을 칠한 묘지이다.

— 로강 스미드

참다운 고전 작가란 인간 정신을 풍성하게 해준다. 그리고
무엇인가 확실한 정신적 진리를 발견하거나 이미 체득한 것
처럼 인간의 마음속에 깊이 파고드는 게 있게 한다. 독자적
인 문체나 신어(新語)를 쓰지 않고도 새로운, 그러면서도 모
든 시대를 통하여 만인에게 공감을 주게 한다.

— 생트 뵈브

여러 사람들의 말을 보고하는 것이 나의 임무이긴 하나,
그것들을 똑같이 신뢰해야 할 의무는 나에게 없다.

— 헤로도토스

난롯가에서 한 손으로 책을 들고 읽을 수 있는 책이야말로
가장 유용한 책이다.

— S. 존슨

책은 되도록 친한 친구처럼 작게 소유할 일이다.

— 조이에 리아나

'양서는 현실이다'라고 하는 것은 우리가 독서를 계속하면서, 그 저자와 같은 감정이 되거나 서로 만나는 것과도 같이 생각되기 때문이다.

— W. 차몬드

진실로 읽고 싶다는 소망과 호기심이 있는 책을 읽어라.

— 사무엘 존슨

3. 독서에 관한 명언

세상에서 가장 한적한 일은 배를 타고 유랑하는 것과 술 마시고 장기나 바둑 두는 것 등인데, 이 일들은 모두가 짝을 찾아야 하고 상대가 있어야 한다. 그러나 오직 글 읽는 한 가지 일만은 한 사람만으로 하루도 보낼 수 있고 1년도 넘길 수가 있다.

— 진선유

독서가 얼른 보기에는 창조와는 비슷하지 않은 것처럼 보일지 모르나, 실제로는 어떤 깊은 의미에서 비슷한 것이다.

— H.V. 밀러

독서는 단순히 지식의 재료를 공급할 뿐 그것을 자신의 것으로 만드는 것은 사고의 힘이다.

— 존 로크

책을 읽는 태도에는 세 가지가 있다. 자연히 이해하지 못하는 태도, 자기 자신이 완전히 이해할 줄로 생각하는 태도 그리고 자기가 이해할 부분과 이해하지 못한 부분을 스스로 구별하는 태도.

— 라 브뤼예르

당신에게 가장 필요한 책은 당신으로 하여금 생각하게 하는 책이다.

— 마크 트웨인

양서 목록에는 반드시 고전이 들어 있다. 그러나 자기에게 필요한 양서를 구별할 줄 알아야 한다. 사람이 자기의 독자성을 확립해야 하기 때문이다. 누구나 현대에 출판된 책을 꼭 읽어야 함은 자기가 그 속에 살고 있는 세계를 알아야 할 중요성에서이다. 독서란 사람이 밥을 먹고 운동을 하는 것과 똑같은 것이라 할 수 있다.

— 밀 러

독서의 습관은 인생의 여러 가지 불행 가운데 상당 부분으로부터 당신의 몸을 보호하는 하나의 피난처가 되기도 한다.

— S. 몸

나는 독서하는 방법을 배우기 위해서 80년이라는 세월을 바쳤는데도 아직까지 그것을 잘 배웠다고 말할 수 없다.

— 괴테

인생은 짧다. 이 책을 읽으면 저 책은 읽을 수가 없다.

— 러스킨

타인의 저서를 보고 자기를 개량하는 일에 시간을 보내라. 그러면 타인의 행고(幸苦)를 거듭한 결과로 용이하게 개량될 것이다. 그리고 부를 버리고 지식을 취하라. 왜냐하면 부는 일시적이지만, 지식은 영원하기 때문이다.

— 소크라테스

책을 읽는 데에 어찌 장소를 가리랴?

— 이황

독서를 즐기는 것은 권태로운 시간을 환희의 시간으로 바꾸는 일이다.

— 몽테스키외

좋은 책을 읽는다는 것은 과거의 가장 훌륭한 사람들과 담소하는 것과 같다.

— 데카르트

공부하는 데 시간이 없다고 하는 사람은 시간이 있어도 공부하지 못한다.

—《회남자》

훌륭한 독서, 즉 진실한 마음으로 참된 책을 읽는 것은 고

상한 행동이다.

— H.D. 드로우

사색에 기술(요령)이 있는 것처럼 쓰는 데에도 기술이 있으며, 독서에도 하나의 기술이 있다.

— 디즈레일리

오직 책 한 권밖에 읽지 않은 사람을 경계하라.

— 디즈레일리

독서의 참다운 기쁨은 몇 차례 그것을 다시 읽는 것이다.

— D.H. 로렌스

목적이 없는 독서는 산보일 뿐 독서가 아니다.

— B. 리들

좋은 책을 읽을 때면, 나는 3천 년도 더 사는 것처럼 생각된다.

— 에머슨

독서하는 사람이 즐기는 특징은 그것이 노년에 가서도 즐길 수 있는 좋은 정신적 취미라는 점이다. 인생은 어느 고비를 지나면 이따금 혼자서도 즐길 수 있는 취미를 필요로 하는 때가 온다.

— S. 몸

지식은 정신의 음식이다.

— 소크라테스

무엇이든 하루에 5시간 독서하라. 그러면 당신은 곧 박식하게 될 것이다.

— J. 보즈웰

우리가 읽어야 할 것은 그 말이 아니라, 그 말 뒤에 있다고 느끼는 사람이다.

— S. 버틀러

독서는 작품이 작품으로 되게 하는 행위이나, 되게 한다는 것은 생산적인 활동을 가리키는 것은 아니다. 독서는 아무 일도 하지 않고 아무런 것도 부가하지 않는다. 있는 그대로를 존재시킨다.

— M. 블랑쇼

어느 정도의 인생 경험을 쌓지 않고서는 책을 이해하지 못한다. 그리고 어느 정도 깊이가 있는 내용의 책이라면 적어도 그 내용의 일부를 보거나 경험하지 않고서는 이해하기 어렵다.

— E.L. 파운드

독서와 황금을 함께 사랑할 수는 없다.

— 리처드 벨리

반대하거나 논박하기 위해서 독서하지 말라. 그렇게 했다고 그대로 믿거나 그대로 받아들이거나 화술의 밑천으로 삼기 위해 독서하지 말라. 그저 생각하고, 생활을 위해 독서하라.

— 베이컨

독서는 충실한 인간을 만들고, 회의는 각오가 선 인간을 만들며, 필기는 정확한 인간을 만든다.

— 베이컨

자기의 전력을 다하지 않으면 훌륭한 독서가 불가능하다. 만일 독서 후에 피로하지 않으면 상식이 없는 것이다.

— A. 베네트

사람들은 다시 읽고 또다시 읽는 동안에 저도 모르게 저자가 말하고자 하는 정수를 흡수한다고 믿고 있으나 그렇게 되지 못하는 것이다. 만약 그들이 독서에 소비한 것과 똑같은 만큼의 시간을 읽은 것에 관해서 활발하게 사색하지 않는다면 단지 저자를 욕되게 하고 있는 데 불과할 따름이다.

— A. 베네트

모든 책의 가치의 그 절반은 독자가 만든다 .

— 볼테르

성경을 읽은 사람에게 영혼을 의탁하는 사람이 많다. 그러

나 성경이라는 책을 진실로 공을 들여서 세밀하게 읽은 사람
은 그들 가운데서도 50명을 넘지 못할 것이다.

— 볼테르

고전이란 누구나 이미 읽을 것으로 자부하려 들지만, 실은
누구나 읽고 싶지 않은 것이다.

— 마크 트웨인

독서에는 우연이란 없다. 나의 독서의 원천은 모두가 서로
연관되어 있다. 파스칼, 라신, 지드 등 유명한 작품이라고 하
는 것은 그것 자체로는 아무런 의미도 없다. 그것은 지하에
서의 동일한 위치라고 할 수 있을 뿐이다.

— 모리악

육체는 슬프다. 아아, 나는 만 권의 책을 읽지 못한다.

— 말라르메

가능하다면 되도록 적게 읽도록 하라. 인생에 있어서 가장
어려운 것은 자기의 행복, 엄밀하게 보람 있는 행복만을 구
현하는 기술을 배울 일이다.

— H. 밀러

독자는 가만히 있어서는 안 된다. 적어도 인간에 관한 일
에 흥미를 갖고 능동적으로 움직일 힘을 발휘할 수 있어야
한다.

— S. 몸

나는 1시간의 독서로 시들어지지 않는 그 어떤 슬픔도 경험하지 못했다.

— 몽테스키외

나는 독서할 때, 어려운 대목에 부딪혔다고 해서 결코 지나치게 골똘히 생각하지 않는다. 한두 번 고쳐 생각하다가 나중에는 버려둔다. 그러잖고 그 어려운 대목을 고집하면 결국은 자기와 시간을 한꺼번에 잃고 만다.

— 몽테뉴

독서처럼 대가없이 주어지는 영속적인 쾌락은 또 없다.

— 몽테뉴

복잡한 생각에서 벗어나고자 할 때는 책에서 도움을 청하는 게 좋다. 그것은 쉽사리 나를 구원해 주며, 현혹시킨다. 더구나 책의 입장에서는 내가 다른 현실적이고, 강렬한 자연의 즐거움을 갖지 않는 때만 상대해 준다는 것을 알더라도 조금도 언짢게 여기지 않는다. 언제나 똑같은 표정으로 맞이해 주는 것이다.

— 몽테뉴

책은 선택하는 법을 알고 있는 사람은 다시없이 좋은 벗이다. 그러나 언제나 쾌락에는 고통이 따르게 마련이다. 독서

는 정신을 작용시키기는 하나, 그동안에 육체는 피곤해지는
경우가 많다.

— 몽테뉴

재미있다고 생각하면서 읽는 것이 아니면 그 책에서 얻는
이익이 적을 것이다.

— 르보크

나는 타인의 심중을 엿보는 것을 즐긴다. 나는 걷고 있지
않은 때는 독서하고 있다. 나는 앉아서 생각할 수는 없다. 책
이 나를 위해서 무엇이나 생각해 준다.

— 찰스 램

많은 독자들은 자신의 감정에 주어지는 쇼크로써 책의 능
력을 판단한다.

— H.W. 롱펠로

책은 그 선택만 잘하면 독서력을 흐리게 하거나, 이해력에
짐이 되거나 하지 않고 오히려 악습을 고치고 정신력을 기르
며 경험으로 발전하는 동시에 특히 좋아하는 책은 독서로 위
락과 용기를 주고, 독서의 즐거움을 통해서 지혜와 사고력을
길러 준다.

— 고리아

인도의 재보를 가지고도 독서의 자랑과 바꿀 수가 없다.

널리 배우는 방법이 많지만, 독서하는 것만큼 좋은 것은
없다.
— 가이바라 에키켕(貝原益幹)

책을 한 권 읽으면 한 권의 이익이 있고, 책을 하루 읽으면
하루의 이익이 있다.
—《괴문절(傀文節)》

책은 한 번 읽으면 그 구실을 다하는 것이 아니다. 재독하
고 애독하며, 다시 손에서 떼어 놓을 수 없는 애착을 느끼는
데서 그지없는 가치를 발견할 것이다.
— 러스킨

책을 읽는다는 것은 배우고 싶기 때문이다. 저자의 사상에
깊이 파묻히려는 것이다. 결코 독서하는 사람의 생각을 저자
속에서 찾아내려는 때문이 아니다.
— 러스킨

본능적으로만 치우치는 어리석은 무리의 미덕은 결코 영
속되지 못한다. 독서를 경멸하고 과학을 경멸하며, 예술을
경멸하고 자연을 경멸한다. 동정(同情) 또한 경멸한다, 정신
을 단돈 몇푼으로 처리하는 그런 국민은 이미 존재를 유지할
수조차 없는 것이다.

다급하게 책을 읽는 버릇을 가진 사람은 좋은 책을 천천히
읽을 때의 묘한 힘을 알지 못한다.

—로맹 롤랑

날마다 반시간이라도 무엇인가 사색하고 독서하며, 자신
과의 토론을 집요하게 계속하도록 노력하라. 이 같은 대가를
지불하지 않고서는 자기의 개성을 교육할 수 없고, 따라서
자신의 개성이 커질 수가 없다. 그러잖고서는 개성이 얼마나
힘센 것인지 모를 것이며, 그것은 반드시 분해되어버리고 말
것이다.

— 로맹 롤랑

나는 아무런 필기도 하지 않고 또 기억해 둘 만한 것을 찾
으려 하지도 않은 채, 오히려 깊이 생각해야 할 만한 대목도
별다른 주저 없이 찾아낼 수 있을 때까지 책과 친근하게 하
는 것이 좋다는 것을 알게 되었다. 이것이야말로 새로운 계
발이 아니고 무엇인가?

— 알 랭

내가 플라톤 속에서 찾아낸 것은, 가령 플라톤이 생각하지
않았다고 하더라도 그것이 대단한 것은 아니다. 나는 나 자
신이 그것을 찾아낸다는 것, 무엇인가 이해하도록 나를 깨우
쳐만 준다면 그것으로 충분한 일이다.

— 알 랭

같은 책을 읽는다는 것은 사람들 사이를 이어주는 끈이다.

— 에머슨

번역본이 있는데 원문으로 책을 읽으려는 것은 보스턴으로 가는데 찰스 강을 헤엄쳐서 건너가려는 것과 같다.

— 에머슨

사물의 이치를 캐는 요점은 반드시 독서에 있고, 독서는 순서에 따라 정밀히 해야 하며, 정밀을 다하려고 하는 것은 마음에 있다.

— 이언적(李彦迪)

아직 읽지 못한 책을 읽는 것은 새로운 좋은 친구를 얻는 것과 같고, 이미 읽은 책을 다시 읽는 것은 죽은 친구를 만남과 같다.

— 안지추(顔之推)

책을 읽되 전부를 삼켜버리지 말고, 한 가지를 무엇에 이용할 것인가를 알아 두어야 한다.

— H. 입센

독서는 하나의 창조 과정이다.

— 에렌브르그

책은 레크리에이션 가운데서도 가장 좋은 레크리에이션이라고 할 수 있다. 책 읽는 기술을 터득한 사람은 결코 고독한 가운데 권태를 이기지 못하는 일이 없다.

— 에드워드 구레

그대는 책에 보답을 주는 것이 없지만 그러나 미래에는 책이 그대에게 한없는 영광을 주리라.

— 에라스무스

현재의 기록으로는 사람은 늙어감에 따라 생활의 가치는 사는 중에 독서를 했는가에 따라서 달라진다.

— M. 아놀드

인간은 모두가 지식욕에 근거해서 행동하게 되어 있다.

— 아리스토텔레스

내가 세계를 알게 된 것은 책에 의해서였다. 그러나 그것은 음모에 찬 두려운 세계였다. 내가 나의 관념론을 버리는 데 30년이란 세월이 걸렸다.

— 사르트르

독서 · 음악 · 시가와 같은 즐거움을 누리는 일은 장기간에 걸쳐서 확립된 사회적 결합이 있음으로써 비로소 가능하며, 그 취미 자체가 사회적 감정 및 공감에서부터 이루어지고 있다.

독서만 하고 사고가 없는 사람은 그저 먹기만 하려는 대식가와 같이 영양 좋고 맛좋은 음식도 위액을 통해서 소화하지 않고서는 이로움이 없는 것과 같다.

— 실베스터

책을 읽고 의혹을 품으며, 가볍게 업신여기는 사람은 현명한 사람이다.

— 스코트

사람의 품격은 그가 읽는 책으로서 판단할 수 있는 것은 마치 그가 교제하는 벗으로 판단되는 것과 같다.

— 스마일즈

독서와 마음과의 관계는 운동과 몸과의 관계와 같다.

— R. 스틸

비평가란 읽는 것을 알고 타인에게 읽는 것을 가르치는 인간에 지나지 않는다.

— 생트 뵈브

얼굴이 잘생기고 못생긴 것은 운명 탓이나, 독서나 독서의 힘은 노력으로 갖추어질 수 있다.

— 셰익스피어

독서는 자기의 머리로써가 아닌 타인의 머리로써 사색하는 일이다.

　　　　　　　　　　　　　　　　— 쇼펜하우어

책을 산다는 것은 좋은 일이다. 이는 동시에 읽을 수 있는 시간까지 살 수 있다면 말이다. 그러나 흔히 사람들은 다만 책을 산 것으로 그 책의 내용을 알게 되었다고 혼동한다.

　　　　　　　　　　　　　　　　— 쇼펜하우어

사람은 음식물로 체력을 기르고, 독서로 정신력을 높인다.

　　　　　　　　　　　　　　　　— 쇼펜하우어

나쁜 책을 읽지 않는 것은 좋은 책을 읽기 위한 조건이다. 인생은 짧고 시간과 능력에는 한계가 있다.

　　　　　　　　　　　　　　　　— 쇼펜하우어

독서한 내용을 모두 잊지 않으려고 생각하는 것은 먹은 음식을 모두 체내에 간수하려는 것이나 다름없는 일이다.

　　　　　　　　　　　　　　　　— 쇼펜하우어

악서는 읽지 않으려 해도 자주 접촉하게 되지만, 양서는 꼭 읽으려 해도 기회가 뒤로 밀린다는 것이 일반적인 독자들의 현실이다.

　　　　　　　　　　　　　　　　— 쇼펜하우어

결말을 이해하고서 시작을 이해한다는 것, 이것이 새로운 독서법이고, 새로운 생활법이다.

— 미 상

누가 어떤 철학을 택하는가 하는 것은 그가 어떤 인간인가에 달렸다.

— 피히테

환경이 자기 성격에 맞는 사람은 행복하다. 그러나 한층 탁월한 사람은 자기 성격을 환경에 맞도록 한다.

— 흄

대부분의 사람은 셰익스피어가 공급한 원형보다도 선정 잡지가 공급하는 원칙에 따라서 자기 개조를 꾀하고 있다. 그것은 선정 잡지가 노골적으로 현대적 성격을 교묘하게 다루는 데 반해서, 셰익스피어는 재치 있는 표현이긴 해도 오랜 세월이 지난 것이기 때문이다.

— A. 헉슬리

독서는 정신적으로 충실한 사람을 만든다. 사색은 사려 깊은 사람을 만든다. 그리고 논술은 확실한 사람을 만든다.

— 벤저민 프랭클린

어떻게 해서든지 읽지 않으면 안 되겠다는 생각으로 읽는 책은 좋은 벗이 되지는 못한다.

나는 독서가를 두 부류로 나눈다. 하나는 무엇인가 외우
려고 읽는 사람, 다른 하나는 무엇인가 잊으려고 읽는 사람
이다.

— 헤르프스

독서는 천천히 해야 하는 것이 첫번째 법칙이다. 이것은
모든 독서에 적용된다. 이것이야말로 독서의 기술이다.

— E. 파게트

책을 많이 읽을수록 독서력은 기하급수적으로 늘어난다.
독서광이라 불리는 사람들은 한눈으로 여러 대목을 살피며
읽어낸다. 그리고 요점만을 골라낸다. 그러므로 자기가 필요
한 대목을 자력적인 방법으로 인용할 수가 있다.

— E.A. 포

독서는 약 처방처럼 당장 효과가 나는 행복을 보장해 주지
는 않는다. 그러나 한 권 한 권 읽어가는 동안에 내가 무엇을
알고 무엇을 모르고 있다는 것을 스스로 깨닫게 하는 데 도
움이 된다는 사실은 틀림없다.

— 패디먼

독서 습관은 아무것도 섞이지 않은 유일한 즐거움이다. 모
든 쾌락은 시들어도 이것은 지속된다.

기회를 기다리는 것은 바보짓이다. 독서의 시간이라는 것은 지금 이 시간이지 결코 이제부터가 아니다. 독서에 대하여 훌륭한 환상을 안고 호화판만을 수천 권이나 모집하면서 단 한 페이지도 읽지 않고 죽은 사람이 있으나, 우리는 이렇듯 시간을 만들어내지 않으면 즐거움은 도망치고 만다. 막대한 문헌을 무한한 장래에 읽을 의도를 하면서, 시간에 먹히고 마는 것과 같이 용이한 일은 없다. 오늘 읽을 수 있는 책을 내일로 넘기지 말라.

— 홀브크 잭슨

4. 저술에 관한 명언

글을 쓸 때, 그 시대의 기호에 맞추려고만 애쓰는 사람은 사상이나 감정을 존중하고 있는 게 아니라, 다만 문필의 성공만을 바라는 사람이다. 참다운 문필가는 비록 동시대인에게 거부를 당하는 일이 있어도 두려워하지 않는다.

— 라 브뤼예르

오늘날 사람들은 책을 통해서 고대와 근대인 가운데 우수한 사람들에게서 자양분을 얻고 있다. 그들의 알맹이를 가지고 과즙을 짜는 것처럼 흡수하여, 그것으로 자기가 쓰는 책을 풍선처럼 부풀린다.

— 라 브뤼예르

자기의 저서에 대해 말하는 저자는 자기의 자식에 대해서 말하는 어머니처럼 잘못을 저지른다.

— 디즈레일리

문(文)은 무(武)보다 강하다.

— 리 튼

다른 사람의 저서로 자기를 개량하는 데 시간을 내라. 그러면 다른 사람들이 고생한 결과로써 손쉽게 개량을 완수할 수가 있다.

— 소크라테스

사람이 그다지 힘들이지 않고 쓴 책을 다른 사람이 긴장해서 열정적으로 읽는가 하면, 어떤 사람이 긴장해서 열정적으로 쓴 책을 다른 사람이 힘들이지 않고 읽는다.

— P. 발레리

읽는 것은 비는 것을 의미한다. 독서하고 창작하는 것은 자기가 진 빚을 갚는 것이다.

— G. C. 리덴베르히

친구를 고르는 것과 같이 저자를 고르라.

— 로스코몬

책에 관해서가 아니라 인간에 관해서 배우는 게 필요하다.

— 라 로시푸코

하나의 소설은 책으로서의 인생이다. 각기 인생은 하나의 제목, 하나의 표제, 하나의 서문, 하나의 서론, 하나의 본문 등을 지니고 있다.

— 노발리스

모든 책 가운데서 나는 다만 사람이 자기의 피로써 살 것만을 사랑한다.

— 니 체

문장의 재능으로만 저서를 쓸 수는 없다. 한 권의 책의 배후에는 반드시 한 인간이 있다.

— 에머슨

문체는 수정과 같은 것이다. 그 순수함이 빛이 되는 것이다.

— 위 고

도덕적인 책이라거나 부도덕한 책이란 없다. 책이란 단지 좋게 잘 썼거나 좋지 못하게 썼거나 할 뿐이다.

— 와일드

인류의 활동은 두 가지 발명에 의해서 비약적인 발전을 했다. 공간에서의 활동은 차륜을 따라서 움직이고, 정신의 활동은 문자에 의존했다.

— 스테판 츠바이크

자기의 경험을 본문으로 친다면 반성과 지식은 주해서다. 경험이 적은 데서 반성과 지식만이 많다고 하는 것은 두 줄의 본문에 마흔 줄이나 되는 주석이 달린 책이며, 그 반대가 된다면 주해를 달지 않은 채 불분명한 사실을 함부로 늘어놓은 책 따위와 같은 것이다.

— 쇼펜하우어

우리는 작가를 감시해야 한다. 그들이 지어내는 이야기가 좋지 않다면 배척해야 한다. 왜냐하면 비판력이 없는 사람들은 그것을 그대로 받아들여서 정신적인 악영향을 받게 될 것이기 때문이다.

— 플라톤

가장 간단한 저작이 항상 가장 우수한 저작이다.

— 라 퐁텐

사람들은 한 권의 책을 쓰기 위해서 도서관의 전장서(全藏書)의 반을 뒤흔든다.

— 사무엘 존슨

5. 장서에 관한 명언

무엇이든지 좋으니 책을 사라. 사서 방에 쌓아 두면 독서의 분위기가 만들어진다. 이것은 외면적인 것이지만 매우 중요하다.

— 베네트

책 속에 모든 과거의 마음이 잠잔다. 오늘의 참다운 대학은 책을 수집하는 데에 있다.

— 칼라일

가옥(家屋)은 책으로 꽉 채우고, 화원은 꽃으로 메꾸어라.

— 앤드류 랑그

마음속의 아름다움이란 그대의 지갑에서 황금을 끄집어내는 것보다도 그대의 서재에 책을 채우는 것이다.

— 존 릴리

금전이 충만한 가옥보다도 책이 가득한 서재를 소유하라.

— 존 릴리

책을 구입한다는 것은 단지 책방이나 저자를 도와주는 구실을 하는 것만이 아니고, 책을 소유하는 데는 전혀 다른 소득과 기쁨 그리고 독특한 도덕성이 있다. 가난한 사람이 저

축하여 세심한 투자로 최고의 사치스러움에 이르듯이, 호화
스럽고 아름다운 장서에는 그것대로 여러 가지 도락과 많은
즐거움이 있다.

— 에드먼드 버그

어린이를 다루는 것처럼 책을 취급하라.

— 브레이즈

도서관이란 만들어지는 것이 아니라 생장하는 것이다.

— 비레르

책을 읽지 않는 백만장자가 되느니보다 차라리 책과 더불
어 살수 있는 거지가 되는 것이 한결 낫다

— 마콜리

내가 책을 모으는 것은 그저 깨끗한 오락을 즐기려는 것뿐
다른 뜻이 없다.

— 몽테뉴

만약 내가 가지고 있는 모든 물질을 버리지 않고서는 나의
생명을 보전할 수 없다고 한다면, 나는 차라리 책 속에 파묻
혀 죽는 것이 행복하다.

— 키케로

책을 갖고 있는가 하는 것은 교양을 나타내는 표면적인 표

시가 된다. 벼락부자인 주제에 책마저 없다면 그 사람은 더욱 형편없을 것이다. 대서점의 때문은 책 따위를 읽고 있는 숙녀는 어설픈 교양밖에 갖추지 못한 것을 나타낸다. 호화스런 주택의 책꽂이에 단지 몇 권의 책밖에 없다면 그 집에 사는 사람의 교양을 의심받게 된다. 더구나 그것이 어디서나 흔히 볼 수 있는 소설일 때는 더 말할 것이 없다.

— 힐 티

책이 없는 집은 문이 없는 가옥과 같고 책이 없는 방은 혼이 빠진 육체와도 같다.

— 키케로

독서의 지식

발행일 | 2023년 9월 20일 초판 1쇄 발행

지은이 | 안춘근　　　　　　　**펴낸이** | 윤형두 · 윤재민
펴낸곳 | 종합출판 범우(주)　　**교 정** | 마희식
표지디자인 | 윤 실　　　　　　**인쇄처** | 태원인쇄

등록번호 | 제406-2004-000012호 (2004년 1월 6일)
　　　　　　 (10881) 경기도 파주시 광인사길 9-13 (문발동)
대표전화 | 031-955-6900　　**팩 스** | 031-955-6905
홈페이지 | www.bumwoosa.co.kr　**이메일** | bumwoosa1966@naver.com

ISBN　978-89-6365-538-3　03810